I0613811

LES

PROFITS

DE LA

BASSE-COUR

PAR LE Dʳ J. P. DES VAULX

auteur des : Plaisirs et profits de l'éleveur d'abeilles

EX INFIMIS LUCRUM

LIBRAIRIE DE J. LEFORT

IMPRIMEUR, ÉDITEUR

LILLE   PARIS

rue Charles de Muyssart, 24   rue des Saints-Pères, 30

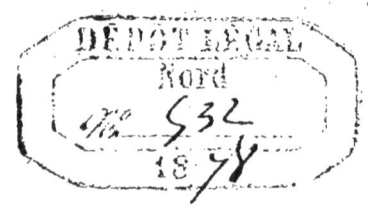

LES PROFITS

DE LA BASSE-COUR

In-18 jésus. 2ᵉ série.

CHEZ LE MÊME ÉDITEUR

ET CHEZ LES PRINCIPAUX LIBRAIRES

PETITE ENCYCLOPÉDIE AGRICOLE

PAR LE Dr J. P. DES VAULX

VOLUMES IN-12 A 1 FR. 50 C.

Contre mandat ou timbres-poste, on reçoit *franco*.

LA VIE DES CHAMPS.

LES PLANTES DE GRANDE CULTURE.

LES PLANTES SUSPECTES de la France.

LES ÉCONOMIES D'UN VIEUX JARDINIER.

MYSTÈRES DE LA VIE DES PLANTES.

MERVEILLES DE LA VIE DES ANIMAUX.

L'HYGIÈNE AU VILLAGE.

LES REMÈDES SOUS LA MAIN : premiers soins à prendre.

L'ATELIER DU LABOUREUR : terrains, défrichements, engrais.

SIGNES DU TEMPS ET TRAVAUX DES JOURS.

LES ANIMAUX DE LA FERME.

LES ANIMAUX NUISIBLES ET LES ANIMAUX UTILES A L'AGRICULTURE.

CE QUE REND UNE VACHERIE : lait, beurre, fromage.

PLAISIRS ET PROFITS DE L'ÉLEVEUR D'ABEILLES.

———

L'AMI DU CHEVAL ; par J.-B. Méguin, vétérinaire.

NOTIONS D'HYGIÈNE PRATIQUE, à l'usage de la jeunesse ; par le Dr G. Cantel des Mées.

LE DOCTEUR J. P. DES VAULX

LES

PROFITS

DE LA

BASSE-COUR

DEUXIÈME ÉDITION

LIBRAIRIE DE J. LEFORT

IMPRIMEUR ÉDITEUR

LILLE | PARIS

rue Charles de Muyssart, 24 | rue des Saints-Pères, 30

1878

Propriété et droit de traduction réservés.

AVANT-PROPOS

Rien n'est plus commun que de perdre de vue ses meilleurs amis de collége; mais aussi rien n'est plus agréable que de les retrouver après une longue séparation.

Cette bonne fortune m'a été donnée en traversant le Limousin par étapes avec mon régiment. Un soir que la marche avait été rude et longue à travers les montagnes et les grands bois de cette pittoresque province, on me désigna pour y passer la nuit une petite ferme située à un quart d'heure du village, et habitée par l'adjoint au maire de l'endroit. On y arrivait par un chemin creux, comme on n'en voit guère qu'en Berri et en Vendée.

J'étais très-fatigué; mais je fus tellement surpris en débouchant tout à coup au milieu des terres de M. l'adjoint, que la curiosité me fit oublier tout le reste.

La vallée était étroite, et la maison basse au point qu'à trois cents pas on ne pouvait distinguer son toit entre les arbres; mais tout l'héritage, entouré de haies vives, était si frais, si vert, si agréable à l'œil, qu'on eût dit un jardin flamand caché dans un repli de ces montagnes.

C'étaient des prairies artificielles hautes comme des blés, des champs de betteraves et de pommes de terre, où pas une mauvaise herbe n'eût osé croître ; des haies de toutes sortes d'arbustes taillées avec une coquetterie de jardinier ; des arbres fruitiers partout ; des cours entourées de murailles bien blanches et plantées de grands arbres qui séparaient les étables en les abritant : tout cela sans faste, sans ornements inutiles, respirant partout l'économie.

Mais je devais marcher de surprise en surprise. Au moment où mon ordonnance sonnait pour annoncer mon arrivée, la porte principale s'ouvrit, et au double cri, *Comment, c'est toi!* parti de nos lèvres en même temps, je me précipitai dans les bras de mon hôte, qui se trouva être un de mes bons anciens camarades perdu de vue depuis vingt ans. Il fut aussitôt décidé que je ne retournerais pas dîner au village. Mon ami me présenta à sa femme; je pris place à leur table hospitalière, et après le repas, en quelques mots, Olivier D... m'expliqua sa présence dans ces montagnes dont il n'était point originaire.

Nous nous étions séparés étudiants à Paris. Peu de temps après mon départ, une ruine imprévue lui avait fait perdre le secours qu'il recevait de sa famille. Ne pouvant plus continuer ses études, il avait successivement été employé comme surveillant dans une pension, la plus douloureuse des positions peut-être, comme commis dans un magasin, comme scribe chez un huissier, sans qu'aucun de ces emplois lui donnât autre chose que le strict nécessaire et lui ouvrît le plus étroit horizon. Triste, découragé, sans vêtements, sans argent, sans gîte, il ne savait plus que devenir, lorsqu'une religieuse, ancienne amie de sa mère, lui proposa de le marier. La demoiselle n'était ni jeune ni riche. C'était une orpheline ne connaissant rien du monde et possédant pour toute fortune une petite ferme en Limousin. Il avait accepté. Sa demande agréée par la jeune fille, sa fiancée et lui s'étaient trouvés sympathiser ensemble, pleins d'une même horreur pour Paris, d'un même goût pour la vie des champs, le travail, l'économie. Ils s'étaient mariés, et ils étaient venus s'établir là, dans cette gorge, depuis quinze ans passés.

De la métairie qui ne rapportait pas deux cents écus, il avait commencé par vendre une partie, la meilleure au dire des voisins. Il s'était — chose monstrueuse ! — débarrassé de tout le cheptel, ne gardant qu'une vache bretonne et un gros cheval de charrette. De l'argent de sa vente, il avait fait clore des cours, bâtir des étables, réparer un peu la maison, et négligeant toute culture productive, toute spéculation sur les bêtes à cornes ou à laine, il s'était mis, comme un simple manœuvre qui n'a que sa journée pour vivre, à élever quelques cochons, quelques lapins, quelques poules, quelques oies. Il les nourrissait d'une façon à lui, leur faisant manger l'herbe qui eût pu nourrir deux vaches de

labour, et le blé qu'on eût pu vendre aux
meuniers; puis deux fois par semaine, attelant
son cheval à sa charrette, il allait à la ville
lui-même, car il n'avait qu'un domestique et
une servante, vendre ses provisions. Les voisins avaient ri, glosé, l'avaient surnommé le
père aux lapins, le tâteur de poules; il les
avait laissé dire. Sa basse-cour s'était accrue.
Les chemins de fer étaient venus, qui lui
avaient ouvert de nouveaux débouchés. Il avait
doublé, triplé son patrimoine, doublé triplé
le nombre de ses truies goronnières, de ses
mères lapines, de ses poules pondeuses ou
couveuses, de ses oies; il avait amélioré les
espèces par des croisements, enrichi sa basse-
cour de variétés inconnues et meilleures que

les anciennes ; mais jamais il n'avait voulu changer sa manière d'exploiter son bien et de lui faire donner du revenu.

Maintenant qu'il avait réussi, il était adjoint au maire, membre du conseil d'arrondissement, et on le regardait comme un grand homme.

J'étais moi-même étonné. Tout ce qu'il me disait me semblait si nouveau, si imprévu, et en même temps si simple, que je ne pouvais comprendre qu'on n'eût pas fait avant lui et de tout temps ce qu'il faisait, qu'on n'eût pas prévu les résultats qu'il obtenait.

Le lendemain, le régiment devait faire séjour pour laisser reposer les chevaux. Je ne pus m'empêcher d'aller raconter à mes camarades la découverte que j'avais faite de la perle des philosophes agriculteurs. Il en vint plusieurs avec moi, fort versés dans les matières d'économie rurale, le médecin en chef, le vétérinaire. Olivier D... les reçut en souriant, leur montra avec détail ses étables merveilleuses de propreté, ses cours différentes pour chaque espèce d'animaux, ses champs de trèfle, de pommes de terre, de betteraves, d'orties, de choux; sa verminière, sa mare; ses bois de châtaigners, ses futaies. Il leur expliqua les mœurs de chacune des espèces qu'il élève; comment il faut soigner les jeunes, les nourrir; à quel âge on peut, on doit les vendre; comment on les engraisse; comment on en tire le plus grand produit : tout cela

appuyé sur des chiffres, basé sur des livres,
prouvé par des résultats.

Je sortis de là tout ébloui, fasciné. Il me
semblait que la basse-cour renfermait seule
toutes les ressources de l'agriculture et que
ceux qui semaient encore du blé n'avaient
pas le sens commun.

Au moins est-il vrai que mon ami avait
su se passer de cette ressource et faire profiter sans cela un petit héritage dont la
grande culture ordinaire aurait tiré à peine
de quoi payer les frais d'exploitation....

C'est pour que ceux qui se trouvent dans
le même cas puissent l'imiter, que je leur
adresse ce petit livre.

LES PROFITS

DE LA BASSE-COUR

LE COCHON

Le porc a la même origine que le sanglier. De cette race, certaines familles ont préféré aux délices de la servitude la pauvreté et l'indépendance des forêts ; d'autres se sont ralliées à l'homme, et cette conquête est une des plus utiles qu'il ait jamais faite, car le sanglier privé, le cochon,

pour dire son nom vulgaire, est une des principales sources de la richesse des nations, et l'un
des plus précieux éléments de l'industrie culi-
naire, la première entre toutes les industries.

Du reste, dit un observateur émérite, les
individus des deux camps n'ont jamais cessé de
vivre sur le pied de la plus parfaite intelligence,
et ne manquent pas de s'établir entre eux, pour
peu que les circonstances s'y prêtent. Les mœurs
et les appétits sont les mêmes dans les deux
conditions de liberté et d'esclavage. L'influence
du domicile n'a apporté de modifications sensibles
que dans la couleur du vêtement et la puissance
des armes offensives.

L'éducation et l'exportation des porcs, ajoute
M. Toussenel, ont fait la prospérité commerciale des Gaules dès les temps les plus reculés
de l'antiquité. Pausanias parle des puissantes
expéditions de porcs provenant des forêts du
Jura, de la Côte-d'Or et des Vosges, et qui des-
cendaient vers la Méditerranée par la Saône et
le Rhône. La grande querelle des Eduens et des
Sequaniens, qui amena les Romains dans le
pays, eut pour origine un droit de péage sur
ces porcs. Bayonne a vendu des jambons aux

LE COCHON

Phéniciens et aux Carthaginois tant qu'il a existé des peuples de ce nom. Ce commerce est maintenant loin d'être aussi prospère en France que dans les pays voisins. Nous nous sommes laissé de beaucoup surpasser par l'Angleterre et l'Allemagne et par la jeune Amérique.

Je le regrette vivement pour mon compte. Si je mets le porc le premier parmi les animaux de la basse-cour, c'est qu'il n'en est point, selon moi, qui puisse permettre à son maître de réaliser un plus grand profit. Tout en lui est bon : la chair, la graisse, le sang, les boyaux, la peau, jusqu'au poil, et il est si peu difficile à nourrir, qu'on l'a comparé au chiffonnier, dont la mission est de ramasser tous les débris sans valeur pour en reconstituer de nouvelles marchandises ; ainsi le porc, qui fait ventre de tout, ne laisse rien périr, et convertit pour l'homme en viande succulente les rebuts de la cuisine et du jardin.

Je n'ai pas besoin d'indiquer ici que le cochon est un animal de la classe des mammifères, de l'ordre des pachydermes ; qu'il a quarante-quatre dents, dont quatre crochets qui sont pour lui des armes offensives très-redoutables ; que ses pieds ont quatre doigts dont deux seulement appuient sur le sol ; que sa queue est courte, grêle et très-mobile, se contournant souvent en spirale ; que son poil ou *soie* est rare et rude ; que les modifications de sa voix sont au nombre de trois ; que sa tête se nomme *hure*, son museau *groin*, le mâle *verrat*, la femelle *truie*, le petit *goret*.

Nos charcutiers distinguent parmi les principales espèces commerciales : — *le cochon de la vallée d'Auge*, remarquable par sa petite tête pointue, ses oreilles étroites, son corps allongé, son poil blanc et rare, ses os petits ; — *le cochon du Poitou*, qui a une tête longue et grosse, de grandes oreilles, une taille élevée, le poil rude et blanchâtre, les pattes longues et fortes, de gros os ; — *le cochon du Périgord*, dont la taille est moyenne, le cou gros, le poil noir, le corps large et ramassé, les oreilles pendantes ; — *le cochon de Tonquin*, beaucoup plus petit que les précédents, généralement noir, avec des oreilles droites, des jambes grêles et courtes, un ventre traînant et une queue pendante terminée par un flocon de soie ; — enfin *le cochon anglais*, race créée artificiellement, et très-belle, remarquable par ses longues oreilles, ses soies rares et fines, ordinairement blanches, ses pattes courtes, sa petite tête et sa disposition à engraisser.

Les savants classent les races naturelles de porcs en quatre catégories faciles à distinguer : *le cochon à grandes oreilles, le cochon à soies frisées, le cochon africain et le cochon indien.* J'en emprunte la description à M. Fischer.

« Dans la première catégorie, les oreilles sont flasques et pendantes, et leur longueur dépasse l'espace qui s'étend depuis l'orifice auriculaire jusqu'à l'œil. Le diamètre perpendiculaire de la poitrine est égal à la longueur des jambes de devant, depuis le coude jusqu'au sabot. Ce diamètre peut même être moindre. Le diamètre horizontal de la poitrine est plus petit que le vertical. Le dos est voûté, tranchant; les soies sont plus ou moins droites. Les porcs de cette race sont haut-jambés ; ils ont la côte plate, ou pour mieux dire, la poitrine aplatie, le dos convexe, recourbé, dit dos de carpe. C'est dans cette race qu'on trouve le cochon qui est plus particulièrement conformé pour la course, et que les auteurs ont désigné ironiquement sous le nom de cochon levrier. La longueur des jambes, la voussure du dos et l'aplatissement du corps diminuent chez les individus et chez les familles de ces races quand ils sont soumis à moins d'exercice et qu'on les nourrit mieux. Les soies ne sont jamais frisées ; elles sont le plus généralement d'un blanc jaunâtre plus ou moins foncé. Quelquefois elles sont mêlées de places noires et constituent la robe pie. La queue portée en spirale est un caractère général mais non constant.

» Sous le rapport de la taille et du poids, les porcs de races à grandes oreilles varient beaucoup ; mais en général ils sont grands, et c'est là qu'on rencontre les plus élevés en taille et les plus lourds de tous les porcs.

» Ces races se trouvent en France, en Allemagne, en Suisse, dans le Danemark, en Hollande, en Belgique et même en Angleterre. Elles sont connues dans la plus grande partie de l'Europe, et elles offrent des variétés dont plusieurs sont réputées en France : telles sont, *le craonais*, *le normand*, *le charolais*, *l'ardennais*, *le poitevin*, *le périgourdin*, *le bourguignon*.

» Tous ces porcs sont d'un développement

lent et tardif. Ils ne peuvent convenablement
être livrés à l'engraissement qu'après avoir
atteint l'âge de deux ans. Ils ont très-peu contribué à la formation des races nouvelles. Ce
sont les porcs par excellence de l'agriculture
pastorale ou demi-sauvage.

» Dans la deuxième catégorie, les individus
ont la côte plate, le dos convexe, tranchant;
les oreilles sont un peu plus longues que l'espace
qui sépare de l'œil l'orifice auriculaire. Elles
sont droites, pointues, dirigées en haut et en
avant. Le corps est court; les jambes ont une
longueur égale à la profondeur du thorax ou
moindre. Les soies sont abondantes, surtout au
bord des oreilles, sur le dos et à la queue ; elles
sont frisées d'une manière particulière, de façon
à recouvrir la peau d'une espèce de feutre. La
couleur varie du gris-cendré au gris-noir, tirant
quelquefois sur le gris-jaune ou sur le gris-roux.
La taille est au-dessous de la moyenne des
porcs à grandes oreilles.

» Ce type est particulièrement représenté
dans le *porc turc* qui approvisionne de nombreux centres de consommation. Il s'étend sur
une partie du sud-est de l'Europe et des pays

limitrophes de l'Asie. Le *porc polonais* en provient.

» Dans la troisième catégorie, le diamètre horizontal de la poitrine est presque égal au diamètre vertical; les côtes sont rondes, le dos large, la colonne vertébrale droite. Les jambes, depuis l'olécrane jusqu'au sabot, sont plus courtes que la hauteur du thorax. Les oreilles sont plus longues que l'intervalle qui s'étend depuis l'ouverture auriculaire jusqu'à l'œil. Elles sont droites, relevées et pointues. Les joues sont épaisses, le cou court. Le grouin est passablement allongé, le front proéminent. La peau forme des replis autour des yeux. Les soies sont généralement rares et fines, la couleur foncée variant du gris-cendré au noir-foncé. La taille varie beaucoup, mais elle ne dépasse pas celle du porc à grandes oreilles.

» Ce type est principalement connu et caractérisé par le *porc napolitain*. Il se trouve en Italie, en Sicile, en Espagne, dans les contrées du sud-est de la France, en Portugal et dans le nord de l'Afrique. Il est d'une grande valeur dans la création des races artificielles. Par sa peau fine, sa précocité et sa chair délicate, il est très-estimé par les agriculteurs avancés, et a servi à de très-judicieux croisements qui ont produit des familles renommées.

» Enfin, la quatrième catégorie est constituée par une race bien caractérisée. Le diamètre horizontal de la poitrine est à peu près égal au diamètre perpendiculaire. Les côtes sont très-courbées, le dos est large et enfoncé depuis l'épaule jusqu'au saccum. La hauteur du thorax dépasse quelquefois de beaucoup la longueur des jambes depuis le coude jusqu'au sol. Les oreilles sont courtes et relevées, le front haut, le boutoir court. La couleur est noire ou à peu près. Cependant les variétés qu'on rencontre sur les côtes de la Chine ont toutes sortes de couleurs. Quelquefois ces porcs ont les jambes si courtes, qu'à l'état d'engraissement le ventre touche à terre.

» Le porc indien a depuis un siècle beaucoup contribué à produire et à améliorer les races de porcs dans les pays à agriculture avancée. Le *cochon chinois*, le *tonquin*, le *porc de Siam* appartiennent à cette race. »

L'agriculture extensive, qui, sans tenir compte de la beauté des formes et de la perfection

physique des individus, ne voit dans le travail
que le résultat, et dans l'élevage des animaux
que le produit, ne pouvait manquer d'appliquer
aux porcs ce qui a causé une si grande révo-
lution dans l'espèce bovine : je veux dire l'art
d'amener, par des croisements habiles, les espèces
destinées à la boucherie à présenter le moins
possible de parties inutiles, comme les os et
les viscères, et la plus grande quantité possible
de viande comestible et de graisse. Ces races
nouvelles sont aux races naturelles ce que, dans
le règne végétal, les fleurs doubles sont aux
fleurs simples. Elles répondent mieux à nos
goûts et à nos besoins, mais elles ne subsistent
qu'à la condition d'être incessamment renouve-
lées. Ce sont les porcs indiens et africains qui
ont servi à ces combinaisons, et l'Angleterre
est le pays où elles ont d'abord été adoptées.
Mais elles varient à mesure qu'elles se renouvellent, et ne se prêtent point à une description.

Les plus connues sont la *race berkschire*, la
race hampschire, la *race d'York*, qui sont de
grande taille; et le *porc de Coleschilt*, le *porc de
Windsor* et le *porc d'Essex*, qui sont petits et

estimés pour leur rare fécondité, le dernier surtout.

Toutes ces familles ont une grande facilité à s'engraisser. Les individus qui les constituent ont les os minces, les oreilles pointues, la tête petite, les jambes courtes, et le corps cylindrique et difforme. Elles sont plus productives que nos porcs de race naturelle, plus fines de chair, mais plus délicates et d'un entretien plus dispendieux.

Je crois qu'on peut dire en thèse générale que les espèces dont les os sont petits donnent moins de chair, mais que leur viande est d'une qualité supérieure ; tandis que celles à grosse charpente sont supérieures par la quantité et inférieures par la qualité de la viande qu'elles fournissent. D'après ce principe, les races anglaises seraient les meilleures de toutes ; mais elles sont plutôt faites pour être élevées dans les grandes porcheries des fermes-modèles que dans les petites basses-cours comme les nôtres, où le cochon doit grandir et s'engraisser à peu de frais. C'est pourquoi je préfère pour mon usage le porc noir du Périgord.

Mon toit à porcs, comme vous voyez, a été

construit avec une économie sévère. Je ne suis
pas de ceux qui se livrent à l'élevage des animaux uniquement pour obtenir des médailles;
je ne suis pas assez riche pour cela. Mon but
principal, je l'avoue humblement, est de gagner
de l'argent, et pour obtenir ce résultat, dans
notre métier plus que partout ailleurs, la plus
stricte économie est nécessaire. Je ne cesse de
le répéter à mes enfants, c'est sou par sou que
l'argent se ramasse : mais avec des sous on fait
des pièces, et avec les pièces des billets de
banque.

J'ai cependant cherché à remplir autant que
possible les conditions principales qui sont indiquées comme indispensables à l'établissement
d'une bonne porcherie. Trop souvent, dans les
petites exploitations comme la mienne, on se
figure que le cochon étant un animal immonde,
le plus sale réduit est suffisant pour lui servir
de demeure. Cette pauvre bête a bien déjà assez
de défauts honteux sans qu'on la gratifie de
ceux qu'elle n'a pas. Ce n'est point parce qu'il
aime l'ordure que le porc se vautre dans la
fange; c'est surtout parce qu'il éprouve fréquemment le besoin de se baigner et qu'il n'a

pas d'eau claire à sa disposition. De même ce n'est point par goût qu'il croupit dans son tas au milieu du fumier et de la boue : il aime si peu que son lit soit sale, qu'il pousse des grognements de joie quand on le met coucher dans un lieu sec sur de la paille fraîche, et qu'à l'encontre du cheval et du bœuf, il a soin de se lever pour aller fienter dans un coin de sa loge, loin de sa litière ; si on l'enferme dans une étable boueuse, il se tient sur ses pieds le plus longtemps qu'il peut, et ne se résigne à se coucher que quand la fatigue l'emporte.

L'expérience m'a démontré que parmi les nombreux modèles de porcheries, ceux-là sont les meilleurs qui réunissent la propreté, l'aération, la division des catégories de porcs et un certain degré de liberté pour les individus. C'est sur ces principes que j'ai établi la mienne, et j'ai pu le faire sans grands frais, comme il vous est facile de vous en convaincre.

Sur un des côtés de ma cour, j'ai fait construire un petit bâtiment présentant la forme d'un carré très-allongé, et divisé en cinq ou six petites pièces rectangulaires, présentant chacune une porte surmontée d'une imposte. Chaque

pièce est faite d'un bon mur en pierre, à
chaux et à sable, que les cochons ne pourront
creuser ni dégrader ; elle est chaudement pla-
fonnée, dallée de pierres plates en pente, ou
de briques, de façon à laisser écouler l'urine
dans une rigole commune, et chaque porte peut
ouvrir en dedans comme en dehors après avoir
donné passage à l'animal. A chaque porte corres-
pond une petite cour gazonnée, fermée et
séparée des cours voisines par un mur de un
mètre et quart de haut, où les cochons peuvent
prendre l'air et venir s'ébattre à leur gré.
Enfin, dans l'épaisseur du mur d'enceinte et
en face de chaque porte, j'ai fait placer des
auges à demi saillantes des deux côtés, afin
qu'on les puisse emplir ou nettoyer sans entrer
dans les petites cours, et sans être exposé
au brutal empressement des animaux quand ils
se jettent au-devant de la nourriture qu'on leur
apporte.

Les choses étant ainsi disposées, j'ai coutume
de mettre à part les truies pleines, les jeunes
gorets, ceux qui sont déjà grands, et les porcs
à l'engrais. Je n'ai point de verrats pour la
reproduction ; mais les grands cultivateurs qui

en entretiennent doivent également les mettre dans une loge séparée.

Plusieurs fois par semaine, on a soin de nettoyer les auges à grande eau, de balayer les cours, d'enlever le fumier et de renouveler la paille. Ces menues précautions, qui ne demandent que fort peu de temps, m'ont suffi jusqu'ici pour préserver ma petite porcherie des maladies et de la malpropreté qui, dans la plupart des fermes, semblent être l'apanage des toits à cochons.

Tout le monde vous dira qu'entre les animaux domestiques, il n'en est point de plus fécond, de plus facile à nourrir, de plus prompt à engraisser et qui présente une vente plus fructueuse que ce pauvre déshérité, compagnon du paysan, comme l'âne et comme lui méconnu.

« Sa fécondité, dit M. Elisée Lefebvre, est si étonnante qu'elle excita l'attention d'un homme illustre, du maréchal Vauban. Ce grand homme, retiré des affaires, rédigea plusieurs mémoires sur des objets d'utilité publique : un d'entre eux fut consacré à des calculs sur la fécondité du porc, que Vauban signale comme le moyen le plus propre à assurer en peu de temps la

3*

subsistance d'une colonie nouvelle quelle qu'elle soit.

« On suppose qu'une truie, la seconde année de son âge, porte une ventrée de six cochons mâles et femelles, dont nous ne compterons que les femelles, attendu que, pour parvenir à la connaissance que nous cherchons, nous n'avons pas besoin des mâles. Soit donc trois femelles. — La troisième année, que nous compterons pour la seconde génération, la mère fera deux ventrées, les trois grandes filles chacune une ; ce qui fait ensemble cinq ventrées, qui, à chacune trois femelles, font pour le total de la deuxième génération, 15 femelles. — La quatrième année, qui est la troisième génération, la mère truie porte deux fois ; les trois grandes filles de la première génération, deux fois chacune ; les quinze filles de la deuxième génération portent chacune une fois : en tout vingt-trois ventrées, qui, à chacune trois femelles, atteignent pour la troisième génération le chiffre énorme de 69 femelles.

» Continuant ce calcul, Vauban admet que la septième année la mère truie ne porte plus, que la huitième on a également retiré les trois

grandes filles, la neuvième les quinze premières
petites-filles, et la dixième les soixante-neuf
arrière-petites-filles, pour les livrer à l'engraissement ; il n'en résulte pas moins, la dixième
année, l'existence d'un troupeau de 4,943 mères,
donnant au printemps une progéniture de
11,193 petits gorets des deux sexes, sans
compter 3,873 individus mâles ou vieilles mères
qui, pendant cette période, ont dû être engraissés et livrés au commerce. »

Le calcul du ministre-agriculteur ne doit point
être regardé comme exagéré. Les Anglais, qui
accordent beaucoup plus d'importance que nous
au cochon, citent entre autres exemples du produit que l'on peut en tirer, le fait fort remarquable d'une truie du comté de Leicester, qui
avait élevé 355 petits en vingt portées, et pro-
curé ainsi à son propriétaire un rapport de 3,700
francs de notre monnaie.

Toutes les truies ne sont pas bonnes à la reproduction ; je ne dis rien du verrat, parce que,
dans les petites exploitations, son entretien serait
trop dispendieux. Il vaut mieux conduire les
femelles pour les faire féconder dans les grandes
fermes où l'on peut élever de beaux reproduc-

teurs et les renouveler fréquemment avec des
individus de race pure. Quant à la femelle, pour
qu'elle puisse être employée comme goronnière,
il faut d'abord qu'elle n'ait pas été coupée, et
ensuite, disent les auteurs, qu'elle ait la tête
petite, le groin fin, le cou épais, le dos droit,
et les épaules larges. Je ne signale pas telle ou
telle espèce en particulier; toutes sont bonnes,
et il faut considérer, avant de fixer son choix
sur l'une ou l'autre, quelles sont les ressources
du pays et les facilités de la vente.

Une jeune truie peut commencer à devenir
féconde à huit mois; mais on attend généralement qu'elle ait un an. Elle fait deux portées
par an de chacune 113 jours, ou, comme on
dit vulgairement, trois mois, trois semaines et
trois jours. Il est bon d'attendre au mois de
novembre pour faire couvrir la truie pour la
première fois, afin qu'elle donne ses petits au
printemps, qui est l'époque la plus favorable
pour les élever. Chaque portée est de cinq à
quinze petits.

Contrairement aux autres femelles d'animaux,
celle-ci est pour ainsi dire en chaleur toute
l'année : elle ne fuit même pas l'approche du

mâle quand elle est pleine. Si, par extraordinaire, celle que l'on aura choisie n'avait point de penchant pour le verrat, il serait facile de l'y exciter en mêlant à sa nourriture un peu d'avoine grillée. De même que pour calmer son ardeur quand elle est pleine, il est bon de mettre dans son manger des herbes relâchantes, comme de la poirée ou de la laitue.

Lorsqu'on veut qu'une truie devienne féconde, il faut l'enfermer avec le verrat. Une journée suffit le plus ordinairement.

Devenue mère, la femelle doit être séparée des autres cochons qui pourraient la blesser en jouant. On lui donnera une nourriture suffisante, mais pas assez abondante pour qu'elle puisse devenir grasse, ce qui l'exposerait à l'inconvénient d'écraser ses petits après la parturition. A mesure que son terme avance, ses mamelles grossissent. Deux ou trois jours avant l'événement, on la voit ramasser les pailles qu'elle rencontre à sa portée pour s'en construire une couchette.

Dès lors, dit M. E. Lefebvre, la surveillance doit redoubler pour ne point laisser échapper le moment où elle mettra bas. Au premier cri que les douleurs lui arrachent, on doit se trouver près d'elle pour l'aider, et surtout pour protéger ses petits, qu'elle pourrait dévorer, comme le font plusieurs autres animaux domestiques, ou simplement blesser par inattention. Quelques personnes, pour éviter le premier accident, conseillent de frotter le dos des nouveaux-nés avec de l'aloës dont l'amertume répugne à la mère ; d'autres emploient au même usage l'infusion de coloquinte ; mais ce dernier remède est un violent poison. Quelque moyen que l'on emploie, il faut agir avec douceur, de crainte d'irriter la truie, qui ne manque jamais de devenir fort méchante pendant les premiers temps de sa maternité.

La nourriture la plus ordinaire de la truie en gésine consiste en un seau d'eau grasse tiède à laquelle on ajoutera deux poignées de son et un picotin d'orge grillée. On renouvelle la ration matin et soir. Au bout de quinze jours, si la saison le permet, on envoie la truie aux champs.

Après avoir soustrait les petits à la voracité de la mère, il faut encore songer à les préserver des accidents qui pourraient résulter de sa maladresse, et ne pas les perdre de vue pendant deux ou trois jours. Une fois qu'ils ont appris à teter et à reconnaître leur mère, celle-ci se prend d'affection pour eux et n'est plus tentée de les manger.

Je n'ai pas besoin de dire que, pendant cette période, on doit entretenir la plus grande propreté dans l'étable en renouvelant la paille et en retirant les excréments. Il faut aussi nourrir amplement la truie avec des racines cuites, telles que raves, pommes de terre, carottes, de la farine de blé, et du petit lait si l'on peut. On lui donne en outre, pour boisson, de l'eau blanchie avec du son, dans un baquet peu profond, parce que souvent il arrive que les cochonnets y montent, et ils pourraient s'y noyer.

Dans le cas où la portée serait nombreuse, comme de quinze à dix-huit petits, quoique la mère n'ait que douze mamelles, il ne faut pas souffrir qu'elle les allaite plus de trois semaines : alors on en supprime généralement une partie, qui se vendent sous le nom de *cochons de lait* et sont très-recherchés pour la cuisine, et on ne laisse grandir qu'un nombre de nourrissons proportionnel à la force de la mère et à l'abondance de son lait.

A mesure que les cochons se développent, on leur donne, à partir du quinzième jour de leur naissance, un peu de lait ou de petit-lait chaud, mélangé de quelques pincées de farine.

Il suffit ordinairement que la truie allaite ses petits pendant deux mois. On commence à les sevrer en leur donnant, en l'absence de la truie, quelque friandise, comme du lait ou de la farine délayée, et en les laissant sortir aux champs, où ils prennent un grand plaisir à jouer ensemble et à fouir la terre. Peu à peu on augmente leur nourriture, et on la rend plus fortifiante, en y mêlant du son, des choux, des pommes de terre et des herbes cuites, et en continuant de les faire manger à part pendant plusieurs mois, afin de leur administrer une nourriture meilleure et plus abondante qu'aux cochons de la basse-cour qui pourraient les estropier en la leur disputant. Leur estomac débile a besoin de manger souvent. Quatre ou cinq repas par jour ne sont pas de trop.

Si les porcelets n'ont point été châtrés à la mamelle, précaution qu'il faut prendre pour tous ceux, mâles et femelles, que l'on destine à la boucherie, on doit aussitôt après le sevrage séparer les mâles des femelles, afin que leur croissance ne soit point arrêtée par des désirs prématurés. La séparation est également nécessaire entre les plus forts et les plus faibles; car ceux qui n'auraient pas la force de se défendre seraient toujours privés d'une partie de leur pitance par les plus vigoureux, et l'on se trouverait ainsi exposé à perdre les uns d'inanition, les autres par l'excès de nourriture.

A l'âge de six mois, les gorets sont adultes, et peuvent être mêlés aux troupeaux jusqu'à ce que leur parfaite croissance permette de les engraisser ou de les faire saillir.

Devenu adulte, le cochon, sans être un animal très-intelligent, ne manque cependant ni d'instinct ni de sensibilité.

On sait que dans beaucoup de contrées, dit Parmentier, un homme se charge, moyennant une légère rétribution que chaque particulier lui paie, de les conduire tous les matins aux champs et dans les bois. Pour les rassembler, il passe dans les rues en sonnant de la corne. Les cochons lâchés le suivent et vont d'eux-mêmes à la forêt. Quand le soir vient, il les rassemble avec le même instrument, les ramène, et chaque animal, en passant devant la maison de son maître, s'y arrête sans se tromper.

Un autre fait qui vient à l'appui de celui-ci, c'est que, quand le temps menace d'orage ou qu'il survient une pluie, pendant que les porcs sont aux champs, on les voit ordinairement déserter le troupeau les uns après les autres, s'enfuir et regagner d'eux-mêmes leurs habitations, toujours en criant jusqu'à la porte de l'étable. Les plus jeunes sont ceux qui courent le plus et crient davantage.

Le porc a été doué par la nature d'une subtilité d'odorat prodigieuse : il s'en sert pour découvrir la truffe cachée dans les entrailles de la terre et pour l'enseigner à l'homme.

Cet animal n'est pas plus dénué de sensibilité que d'instinct. Ne le voit-on pas accourir aux cris de ses semblables d'aussi loin qu'il les entend, et affronter les plus rudes traitements pour les défendre? Comment se fait-il que les naturalistes aient tous oublié ce trait lorsque le dernier porcher sait en faire usage pour rappeler à lui les cochons écartés du troupeau?

LE COCHON

On raconte que lorsque les Anglais, sous la conduite du duc de Lancastre, faisaient le siége de Rennes, il arriva qu'après plusieurs mois de blocus, les habitants, privés de secours et de provisions de bouche, étaient sur le point de se rendre, lorsque le capitaine Lefort, qui la commandait, s'avisa du stratagème suivant. Il fit ouvrir une porte qui donnait sur une prairie où les assiégeants entretenaient un troupeau considérable de cochons, et amenant sur le pont une truie qui lui restait, il lui fit tenailler les oreilles avec force. Aux cris que poussa cet animal, ceux qui étaient dans la prairie accoururent en foule, et à mesure qu'il en arrivait sur le pont, Lefort faisait rentrer la truie dans la ville toujours en criant; si bien que tous les cochons anglais seraient devenus la propriété des assiégés sans l'arrivée d'un détachement ennemi qui les obligea à fermer les portes. Leur butin n'en fut pas moins de deux mille pièces, et cette capture, jointe au bruit de l'arrivée d'un renfort prochain de Français, força le général anglais à lever le siége sans avoir accompli son dessein.

Il est vrai que la voracité naturelle à la truie la porte à dévorer ses petits pendant les premiers jours qui suivent la parturition; mais à peine s'est-elle accoutumée à les voir et à les reconnaître que son instinct maternel se développe au contraire avec une très-grande énergie. Le courage qu'elle montre alors est très-remarquable : le moindre cri de leur part éveille sa sollicitude; la violence anime sa fureur, et rien ne peut l'intimider ni lui résister. Le danger passé, elle rassemble sa famille dispersée, elle en fait le recensement, et s'il lui manque quelqu'un des siens, elle se met à sa recherche avec empressement; ce qui marque que le discernement n'est pas non plus étranger à cet animal. On peut même dire, poursuit Parmentier, qu'il apporte cette faculté en naissant, et qu'elle est accompagnée d'un autre sentiment non moins remarquable, celui de la reconnaissance. Il n'y a personne, dit-il, qui ayant vu naître des cochons n'ait remarqué que le premier usage que ces jeunes êtres font de leur existence est de se traîner à la tête de leur mère souffrante, dont l'objet semble être d'adoucir les douleurs qu'ils lui ont causées. Ils viennent ensuite choisir un mamelon qui devient leur domaine, et s'y attachent exclusivement.

LE COCHON

Il suffit également d'avoir vu naître des cochons pour être convaincu de leur aversion pour la malpropreté : à un âge où ils n'ont encore reçu que les leçons de la nature, dès les premiers jours de leur existence, on les voit déposer leurs excréments dans un coin du toit éloigné du lieu qui leur sert de gîte. M. Hervieu, cultivateur du dernier siècle, a encore recueilli sur cet objet des remarques fort curieuses. Pendant l'été de 1789, il fit enchaîner, au pied de plusieurs jeunes pommiers qu'il voulait amender, des cochons destinés à l'engrais. Pendant tout le temps qu'ils y demeurèrent, ces animaux déposèrent constamment leurs ordures dans l'endroit le plus éloigné où leur chaîne leur permettait d'atteindre. Ces faits appuyés d'observations nombreuses du même genre portent à conclure que si le cochon se vautre quelquefois dans la fange, c'est moins par goût que par nécessité : la chaleur de son tempérament le portant à faire un fréquent usage des bains d'eau froide qui manque dans la plupart des basses-cours, il en est réduit à se contenter de celle des bourbiers ou à remuer la terre pour s'y faire un lit frais.

Il faut donc, je le répète, cesser de considérer les toits à porc comme des foyers d'immondices, et les fournir d'une bonne litière avec autant de soin que les vaches ou les chevaux. Ces soins contribuent infiniment à les faire devenir gras et beaux en peu de temps, et à rendre leur chair plus fine, plus ferme, en les conservant dans un meilleur état de santé.

Pendant le temps qui précède leur mise à l'engrais, c'est-à-dire pendant une période de six à huit mois après le sevrage, les gorets qui grandissent par troupeaux, sont généralement nourris de deux manières différentes, selon la saison et les ressources du pays. Je veux parler du *pâturage* et de *la nourriture à la cour*.

Le pâturage, surtout facile à pratiquer dans les pays de bois, de marais, d'étangs, évite de très-grands frais à ceux qui peuvent y recourir. Heureux de passer une partie de sa journée en plein air, l'animal ramasse chemin faisant une grande quantité de noisettes, de faînes, de châtaignes et de glands, de vers de terre, de racines et d'herbes sauvages, qui rendent sa chair ferme, odorante, d'un goût exquis, et activent le développement de son corps. On peut mener paître les gorets tout le jour en été, et une grande partie de la journée en hiver (1). Il ne faudrait pas cependant que cette pâture dispensât de donner aucune nourriture à la maison. Il est bon que le maître puisse juger chaque jour de l'appétit et de la santé de ses porcs en les voyant à l'auge, et c'est en outre un moyen facile de les faire rentrer à heure fixe.

La nourriture à la cour doit être choisie de manière à ne point être dispendieuse pendant la période de croissance. C'est pourquoi on en supprime presque entièrement le grain et les racines, se contentaut de donner soir et matin aux jeunes cochons des feuilles de choux, de pommes de terre, de luzerne, de trèfle, avec un peu d'eau blanchie au son. Dans les départements de la Marne et des Ardennes, beaucoup de cultivateurs n'entretiennent leurs porcs qu'avec du trèfle ou des vesces coupées en vert. C'est également avec du trèfle que sont nourris les porcs adultes de la ferme-école de Grignon.

(1) Les porcs qui vont au bois doivent être *bouclés*, c'est-à-dire munis d'un clou recourbé en anneau qui traverse le grouin. Autrement ils pourraient commettre quelques dégâts par leurs fouissements.

— On peut y joindre les marcs d'eau-de-vie, de cidre, de bière, ainsi que les laitues et chicorées sauvages, que le sage Dombasle avait en très-grande estime.

L'expérience prouve journellement que les cochons préfèrent les aliments à demi cuits et un peu fermentés aux aliments frais et crus. Avec quelle avidité ne se jettent-ils pas sur les choux bouillis, les résidus d'amidonneries, le petit-lait et les racines ramollies par la cuisson. On sait que les corps soumis à l'action du feu changent de nature, de propriétés, de goût; leurs différents principes constituants se rapprochent, se combinent de manière à devenir plus agréables au palais, plus appropriés à l'estomac, plus efficaces dans leurs qualités alimentaires. Un commencement de fermentation augmente leur sapidité et les rend également plus favorables à la digestion. Ce que l'on gagne de ce côté compense amplement la peine qu'on y prend et le combustible qu'on y dépense.

Quand les gorets ont atteint l'âge d'un an, c'est le moment de choisir ceux que l'on destine à la boucherie et les truies qu'on veut employer à la reproduction. J'ai dit plus haut comment on doit se conduire avec celles-ci. Quant aux victimes à tuer, l'intérêt de l'éleveur est de les pousser rapidement à la graisse, et pour cela il faut modifier leur régime.

Le porc, dit Pline, devient gras en 60 jours, surtout si on l'y prépare par une diète de trois jours. Malgré l'autorité de Pline, on est obligé de convenir que cette période est trop courte, et que même pour les porcs d'un an, qui sont beaucoup plus faciles à mettre en graisse que ceux de trois ou quatre, ou que les truies fatiguées par des portées nombreuses, il faut étendre à trois ou quatre mois le temps nécessaire à l'engraissement d'un porc de bonne race.

C'est constamment à l'étable que cette opération s'accomplit. Il semble prouvé que moins un porc à l'engrais marche et s'agite, plus vite il arrive à la perfection demandée. C'est alors surtout que sont indispensables les petites cours comme celles que je vous ai montrées, qui permettent d'isoler chaque individu, ou du moins de ne lui laisser qu'un petit nombre de compagnons, et le maintiennent dans un espace étroit sans le priver absolument du bénéfice du soleil et de l'air.

La nourriture du porc à l'engrais, disent avec vérité les auteurs de la *Maison rustique*, peut et doit même être fort différente selon les circonstances dans lesquelles se trouve l'engraisseur. Le porc unique des manouvriers sera nourri avec l'eau de vaisselle, avec le gland que la femme ou les enfants auront ramassé, avec les débris des légumes du jardin, puis avec quelques pommes de terre et un peu de son ou de grain distribué dans les derniers temps d'une main parcimonieuse. Chez les cultivateurs qui n'engraissent que les cochons nécessaires pour leur consommation, il se trouvera assez de petit-lait, de débris, de son et de menu grain pour obtenir la graisse nécessaire. Mais on comprendra que pour ceux qui veulent faire une industrie spéciale de l'élève du porc, il faudra des cultures appropriées et une étude plus approfondie des résultats obtenus avec les divers genres de nourriture.

Une règle générale dont il est bon de ne pas se départir dans le cours d'un engraissement, consiste à substituer toujours un aliment plus substantiel à celui qui l'était moins, de façon que le porc, dont l'appétit diminue à mesure qu'il engraisse, trouve dans une masse de nourriture moins considérable une quantité équivalente de substances assimilables.

Une autre règle dictée par l'économie, c'est de s'appliquer à profiter des ressources spéciales du pays que l'on habite ou des industries que l'on avoisine, comme les résidus d'amidonnerie, les baissières d'eau-de-vie, le petit-lait des fromageries, nourriture excellente et qui peut seule suffire ; la récolte du gland dans les pays de forêts, celle des betteraves et des pommes de terre dans les contrées où l'écoulement de ces produits par une autre voie est moins fructueuse.

C'est à chaque cultivateur intelligent à se rendre un compte exact du prix d'achat et de préparation de la nourriture, afin qu'en le comparant au prix de vente de l'animal et en déduisant la première mise de la valeur du porc au moment où il a été mis à l'étable, il lui reste encore un petit bénéfice, et qu'il n'arrive pas au résultat négatif obtenu par Parmentier dans ses expériences sur les pois et la farine d'orge employés à cet usage.

Dans aucun cas je ne conseillerai aux éleveurs

d'employer, comme on le fait très-généralement
de nos jours dans le voisinage des grandes
villes, les débris de boucherie et la viande
des chevaux abattus à engraisser des porcs
pour la cuisine. Il est vrai que par ce procédé
on obtient promptement et à bas prix le résultat
qu'on se propose; mais la viande des porcs
ainsi engraissés n'est ni saine, ni ferme, ni succulente comme celle des animaux uniquement
nourris de substances végétales, et il se perd
tous les ans assez de glandée dans nos forêts
pour engraisser, sans avoir recours à ces procédés répugnants, la quantité de porcs nécessaire à la consommation de notre pays.

Quant à moi, du reste, ma modeste fortune
ne me permet pas de me livrer à l'engraissement
des cochons sur une assez grande échelle pour
que le résultat de mes expériences puisse être
d'un grand poids auprès des agriculteurs; je
n'engraisse de porcs que pour la consommation
de ma famille, mais je me livre avec ardeur à
la multiplication de l'espèce par le croisement
de nos truies indigènes avec le verrat anglais.
J'ai sans cesse de quatre à six truies goronnières dans ma petite basse-cour, et contre

l'opinion vulgaire des paysans de la contrée,
en les nourrissant tant bien que mal avec le
trèfle, les betteraves et les pommes de terre de
mon petit héritage, j'en tire un bénéfice qui
est presque le double de ce que me produirait
la vente directe de mes denrées.

Lorsque les cochons destinés à la boucherie
ont atteint un point d'engraissement convenable,
il faut se hâter de les tuer. On reconnaît qu'ils
sont bons à abattre lorsque, le corps étant bien
rempli, ils ne manifestent plus d'appétit et
renoncent à la nourriture.

Le prix de la viande de porc est généralement assez élevé. Ses différentes parties n'ont
pas toutes la même valeur; mais quand on
vend l'animal en bloc, comme font d'ordinaire
les éleveurs aux charcutiers, on peut compter
sur une moyenne de 45 à 50 centimes la livre.
Un porc de moyenne grosseur pèse ordinairement 150 livres; c'est donc, *à priori*, entre
70 à 80 francs par tête qu'il faut fixer le prix
de vente. Quant aux petits cochons pour l'élevage, que les propriétaires de truies goronnières vendent aux particuliers ou aux engrais-
seurs vers l'âge de trois mois, c'est entre 15

et 20 francs qu'il faut en fixer la valeur. Du reste, tous ces chiffres varient beaucoup, non-seulement suivant les contrées, mais encore et surtout suivant les récoltes de chaque année plus ou moins abondante en racines, grains, châtaignes, glands, etc.

Quand on conduit un porc gras au marché, il est bon de l'amener dans une voiture bien garnie de paille. De cette manière, on n'est pas obligé de le battre pour le faire marcher, et on lui évite les meurtrissures qui marquent sur son lard et le déprécient.

De novembre à avril, les marchés n'admettent généralement que des porcs adultes gras, les seuls estimés pour la salaison qui se fait plus fructueusement en hiver qu'en été. De mai à novembre, les charcutiers ne recherchent que les porcs à viande légère. Les petits porcs pour l'élevage se vendent en tout temps.

Il n'y a pas pour le porc, comme pour les autres bêtes de boucherie, des points de repère auxquels on puisse reconnaître l'état d'engraissement de l'animal : c'est à la vue que le charcutier doit en juger. Il n'y a cependant que les maladroits qui aient besoin de faire peser l'animal pour apprécier sa valeur.

Du marché, les porcs sont conduits dans des abattoirs particuliers pour y être préparés.

En général, on a tort d'assommer le porc comme le bœuf avant de le saigner. Mieux vaut le lier sur un banc et lui plonger un couteau dans la gorge en avant du sternum (bréchet), comme on fait à la campagne.

On reçoit le sang dans un vase à mesure qu'il sort, et on l'agite afin qu'il ne se coagule pas.

L'animal abattu, certaines personnes l'écorchent, pour avoir la peau, qui se vend en des pays pour la sellerie. D'autres, et c'est le plus grand nombre, respectent la peau et l'épilent, soit par la brûlure, soit par l'échaudage, soit par les deux procédés simultanément. — Pour la brûlure, on entoure tout le corps de l'animal de paille sèche que l'on enflamme. — Pour l'échaudage, on place le porc dans une cuve, on verse dessus de l'eau bouillante, et on le râcle avec un couteau qui enlève les soies. Cette méthode est incomparablement la meilleure, parce qu'elle évite de laisser dans la peau les racines des soies qui

se retrouvent ensuite sous la dent du con-
sommateur.

Il y a un grand nombre de modes de dépe-
çage. Celui qui me semble le plus rationnel,
est d'ouvrir l'animal par le ventre, après l'avoir
dressé sur une échelle inclinée, les pieds en
haut, et d'enlever d'abord la tête et les viscères.
Quand la viande est suffisamment égouttée, on
coupe les pattes, on enlève les membres pour
faire des jambons, on détache d'une pièce
chacun des deux pannes de lard par une inci-
sion longitudinale sur le dos; on retire les
filets, les rognons, la graisse, et on découpe
la carcasse en morceaux.

La viande de porc est facile à conserver.
Il faut, pour cela, la saler ou la confire. On
la sale dans des saloirs de grés, en mettant
successivement une couche de sel et une couche
de viande. Au bout de quelques jours, le sel
se fond et forme une saumure où la viande se
conserve bien; mais elle se durcit à la longue.
« On remédie à cet inconvénient, dit l'habile
charcutier Véro, par la précaution de confire
la chair de porc comme on confit les membres
d'oies dans les provinces du Midi. Après quinze

jours de saloir, on retire les morceaux, on les trempe à grande eau, on les essuie, on les jette pendant quelques minutes dans la graisse bouillante, et on met le tout dans des vases de terre ou de fer blanc, en ayant soin que la graisse couvre parfaitement les morceaux et ne les laisse pas exposés au contact de l'air. »

Il n'entre pas dans mon sujet de décrire comment on prépare chacune des parties du porc, les jambons, la tête, la graisse, les pieds, les boudins, les andouilles ; je craindrais d'empiéter sur le domaine de la cuisine ou de la charcuterie. Mais je dois dire que sa chair est des plus succulentes, qu'elle n'est indigeste que lorsque la graisse y est trop abondante, qu'elle fournit des ressources inappréciables non-seulement aux navigateurs par sa facile conservation, mais à tout le genre humain, et qu'il n'est pas besoin d'autre preuve de ses qualités éminentes que la consommation immense qui s'en fait et le prix élevé auquel elle se vend.

Je ne dois point terminer sans dire que la viande de porc, pour être bonne, doit être ferme et rougeâtre. Il faut rejeter celui dont la chair est parsemée de glandes roses ou blanchâtres. C'est un signe que le cochon est ladre. Chacune de ces glandes est un animal parasite qui n'est pas toujours tué par la cuisson et donne naissance dans le corps de l'homme au ver solitaire.

La ladrerie est la principale des maladies du porc. C'est pour éviter aux Juifs avares la tentation de se nourrir du porc ladre que Moïse en avait défendu l'usage à son peuple, parce que cette maladie est très-commune en Orient. Aucun signe extérieur certain n'annonce l'invasion de la ladrerie. La présence de vésicules blanchâtres à la base de la langue est l'unique indice qui la révèle. Plus tard, l'animal perd l'appétit, devient triste, maigrit, et finit par succomber. Jusqu'à présent aucun remède n'est parvenu à guérir cette affection. C'est à grand tort que la police permet l'emploi du porc ladre aux charcutiers : des inconvénients très-sérieux résultent de l'usage de cette viande altérée.

Les autres maladies du porc sont :

La *rage*, qui ne se communique à lui que

par la morsure d'un autre animal enragé. Les symptômes de cette maladie sont les mêmes que ceux de la rage de chien : horreur de l'eau, air triste, envie de mordre. Le porc enragé doit être abattu et jeté, ou plutôt enterré profondément.

La *petite vérole*, caractérisée par des boutons rouges, qui grossissent pendant cinq ou six jours, pâlissent, suppurent et se couvrent de croûtes. Cette affection est accompagnée de fièvre. On la combat avec du petit-lait, de l'eau aigrie par du levain qu'on sert tiède, et le séjour à l'étable.

Le *scorbut*, dont l'invasion se manifeste tantôt par l'inflammation des gencives, tantôt par la chute des soies et la couleur sanguinolente de leurs bulbes. Cette maladie atteint de préférence les porcs d'engrais que l'on enferme sous des toits humides et mal aérés. Le traitement est incertain, ce qui fait que le parti le plus sage est d'abattre et de manger l'animal malade.

Le *charbon* atteint les porcs comme les bœufs et les moutons. Il se montre souvent au cou sur la région des amygdales. Les soies de la

partie affectée changent de couleur et cachent
assez mal la tumeur caractéristique de cette
affection. Le porc charbonneux doit être rejeté
des usages domestiques et enterré profondément
pour empêcher les mouches d'en transporter
des parcelles sur d'autres animaux, car cela
suffirait pour les infecter.

Généralement, quand un porc est malade,
grogne, ne veut plus manger, a les oreilles
chaudes, il est prudent d'appeler un vétérinaire.

LE LAPIN

De tous les animaux ralliés à l'homme, le lapin est celui sur le compte duquel on a débité le plus de fables. Suivant certains écrivains, il suffirait de se livrer en grand à l'élevage du lapin pour avoir bientôt de quoi rouler carrosse. Selon d'autres, cette industrie mesquine ne produirait qu'une viande sans saveur et sans qualités nutritives, inférieure comme aliment aux pommes de terre et aux haricots. J'espère montrer clairement ici que les derniers ont tort et que les premiers s'abusent, sans toutefois que l'élevage des lapins soit une industrie à négliger par les petits particuliers comme moi.

Les savants vous diront que le lapin est un

lièvre (*lepus cuniculus*) de la classe des mammifères et de l'ordre des rongeurs ; qu'il est un peu moins gros que le lièvre, qu'il a les pattes postérieures beaucoup plus longues que celles de devant, qu'il se nourrit d'herbes et de racines, et qu'à l'état sauvage il a le pelage gris et le ventre blanc. Ils ajouteront avec justesse que l'excessive fécondité de cet animal le rend un des fléaux les plus redoutables à l'agriculture.

En passant de l'état sauvage à l'état domestique, le lapin a perdu, au jugement des gourmets, un peu de la délicatesse de sa chair ; mais il a gagné en volume. Tel qu'il est, tel qu'on le porte sur les marchés, c'est encore un bon aliment, précieux surtout à cause de son bas prix qui le rend accessible à toutes les cuisines.

Il ne faudrait pas croire cependant, comme font certaines ménagères, qui regrettent une poignée de son à la pauvre famille de lapins que leurs enfants élèvent au fond d'une vieille barrique, que cet animal doit prospérer seul et sans dépense, car le profit deviendrait trop clair.

On élève en France trois races principales de lapins domestiques. Le *lapin commun*, c'est-à-dire la race sauvage de nos contrées devenue prisonnière ; il est gris foncé sur le dos, clair sous le ventre. C'est le plus rustique, le plus facile à nourrir, le moins sujet aux maladies, et le plus fécond de tous. Ses sous-variétés, qui ont les nuances du chat dans leur pelage, sont généralement moins recherchées. Le *lapin argenté*, ou lapin riche, a le poil gris blanc mêlé de noir. Il est plus soyeux, plus fourni et plus long que le poil du lapin commun. Cet animal est délicat et difficile à élever. Sa peau est recherchée par les fourreurs ; sa chair est assez fine. Le *lapin angora* a les poils longs, soyeux, ondoyants et légèrement frisés. Sa couleur est gris-perle ; on peut le tondre comme un mouton. Sa chair n'a rien de remarquable, mais son poil se vend un bon prix.

Du mélange de ces races, il est résulté des lapins qui participent de toutes sans appartenir à aucune, et qui ont les couleurs les plus variées. Ces métis sont en général féconds, vigoureux et faciles à élever.

Comme les autres animaux de basse-cour, plus

que tous les autres peut-être, le lapin demande
une habitation saine, commode et bien exposée ;
car je ne veux point ici parler des garennes
fermées qui ne peuvent appartenir qu'aux gens
riches et sont bien plutôt destinées à procurer
à leur maître la distraction de la chasse qu'un
bénéfice en argent. Le *clapier* donc se compose
essentiellement d'une cour clause avec des
murailles, et d'un petit hangar qui occupe un
des côtés de la cour ou même les deux. Le
mien pourrait être plus élégant; je le trouve,
tel qu'il est, suffisamment commode. La cour,
située à une exposition chaude, a vingt mètres
de long et six de large. On me conseillait de
faire descendre les fondations de mes murailles
à un mètre, et de paver le sol très-exactement
avec des briques : j'ai préféré la faire enduire
de bitume, disposition qui me permet de la
laver quelquefois l'été à grande eau pour
chasser l'odeur forte de l'urine de lapin.

Le long du mur exposé au midi, j'ai fait
construire un appentis qui occupe tout le grand
côté de la cour et s'avance de quatre mètres.
C'est sous ce toit que dans vingt loges séparées sont établies mes vingt mères, et dans

trois autres les trois mâles destinés à féconder la colonie.

Chaque loge mesure un peu moins d'un mètre cube; elles sont en bois, dur et à jour. Le devant, qui s'ouvre comme une porte à deux battants, est treillissé de fer. Le plancher est élevé de terre de quelques centimètres et incliné de manière à laisser écouler les urines dans une rigole commune qui les porte au dehors; car l'urine du lapin est un poison pour lui-même, et ses aliments lui deviennent nuisibles pour peu qu'ils en soient souillés.

Chaque cabane est garnie d'une bonne litière, qui doit être renouvelée au moins deux fois chaque semaine, et munie de deux petits augets, l'un pour l'eau, l'autre pour le son, ainsi que d'un râtelier destiné à recevoir la pitance journalière de l'animal qui l'occupe.

Dans la partie du hangar qui n'est pas occupée par les loges, on doit pareillement dresser plusieurs augets, un râtelier double, et un lit de paille pour ceux des lapins adultes qui ne sont pas dans les loges; car ces appartements spéciaux ne sont destinés qu'aux mâles reproducteurs et aux femelles pleines ou en famille. Le reste de la colonie vit en commun dans la cour.

. C'est un vrai plaisir de voir, par un jour de beau soleil, toute cette petite population alerte, douce, proprette, qui vous regarde de ses gros yeux innocents, et sautille autour de vous en faisant mille gambades joyeuses.

Innocent comme un lapin, est un proverbe plein de justesse : cet animal n'a pas la moindre malice. Il est l'emblème des classes opprimées : pauvre bête, bête des pauvres, sobre comme eux, et comme eux féconde à l'excès. On n'attribue pas à cet animal une haute dose d'intelligence; cependant, à l'état libre, il sait se creuser des terriers à plusieurs issues, et se garer assez adroitement de ses nombreux ennemis. A l'état domestique, il ne professe pour son maître qu'une affection assez limitée, et paraît plus disposé à quitter son clapier pour aller vivre aux champs qu'à apprécier les charmes d'un bon gîte et d'une nourriture choisie. Toutefois il se laisse volontiers caresser, s'accoutume à manger dans la main, et reconnaît parfaitement celui qui le soigne.

Si l'on voulait se donner la peine de faire sur la fécondité du lapin un travail analogue à celui de Vauban sur la fécondité des porcs, on arriverait à un chiffre prodigieux. Mes vingt lapines me produisent cinq cents lapereaux par an, et quand on pense qu'avec un peu d'intelligence et d'économie on peut amener un lapereau assez à point pour être servi sur la table moyennant cinquante centimes, et vendre sa chair trente centimes la livre en gagnant dessus cent pour cent, on s'étonne qu'il y ait encore dans les campagnes des gens qui préfèrent manger leur pain sec plutôt que d'élever des lapins, et dans les villes de pauvres diables qui croient être économes et sages en vivant de charcuterie à deux francs la livre, lorsqu'au même prix ils auraient un beau lapin de quatre kilogrammes, dont encore ils revendraient la peau.

Les petits propriétaires qui seront tentés de suivre mon exemple, doivent mettre le plus grand soin dans le choix des mâles et des femelles destinés à la reproduction.

Les mâles doivent être vifs, gais, forts, d'une seule couleur. On ne leur permettra point de couvrir les femelles avant l'âge de huit mois. Un seul suffit pour douze femelles. Il est bon de les tenir constamment enfermés dans des

cases séparées, et de leur donner une nourriture choisie et abondante capable d'entretenir
leur vigueur.

Le choix des femelles mérite la même attention. On rejettera celles qui ne prennent pas
facilement le mâle, celles qui mangent leurs
petits, celles qui deviennent vieilles; car l'âge
moyen du lapin étant de sept à huit ans, on
peut admettre qu'à cinq ans, au plus tard, la
femelle perd ses forces et ne peut plus suffire
aux rudes fonctions de la maternité. On peut
commencer à les faire produire à six mois.

J'ai déjà dit que les mâles et les femelles ne
doivent point vivre habituellement ensemble. Il
suffit de les réunir douze heures, en n'importe
quel temps, pour que la femelle soit fécondée.
On les remet ensuite chacun dans leurs loges
respectives. La lapine porte 31 jours. Quand
arrive pour elle le moment de la parturition,
elle s'arrache elle-même une grande quantité
de poils et s'en construit, dans le lieu le plus
secret de sa cage, un nid pour coucher molle-
ment ses petits. Lorsqu'on nettoie la cabane,
il faut avoir soin de ne point déranger ce nid.

La portée d'une mère peut être de dix lape-

reaux : c'est plus que la meilleure femelle n'en
peut allaiter. On risquerait de les perdre tous,
si on ne lui en ôtait une partie, qu'on peut
du reste confier aux mères moins heureuses
qui n'ont eu qu'une portée de trois ou quatre.
Si la lapine est jeune, vigoureuse, on peut
lui laisser huit petits à nourrir, six suffisent
pour celles qui sont un peu épuisées.

Il est bon, pendant la saison de l'allaitement,
de donner à la mère une nourriture choisie,
abondante, et d'y joindre fréquemment un peu
de son, d'avoine, ou quelque autre douceur.

Trois semaines après que les lapines ont mis
bas, on peut les remettre au mâle. Une nuit
suffit, comme je l'ai dit. On les rend ensuite à
leurs petits jusqu'à ce que ceux-ci aient atteint
l'âge d'un mois, époque à laquelle on peut les
sevrer sans danger. On arrive ainsi à obtenir
d'une même femelle sept et quelquefois huit
portées par an, ce qui donne une moyenne de
quarante petits par loge. Pour éviter des erreurs
préjudiciables, il est bon d'inscrire sur une
ardoise au-dessus de la loge de chaque femelle
l'époque à laquelle elle a été fécondée, afin de
savoir quand elle mettra bas, et celle de la

6*

part, pour savoir quand elle devra être remise au mâle.

Quand on a beaucoup d'espace, on peut avec avantage mettre ensemble pendant quinze jours ou un mois les jeunes lapereaux nouvellement sevrés; dans le cas contraire, on les réunit au troupeau dans la cour commune.

Il est d'usage de châtrer les mâles avant de les lâcher dans le clapier. Cette opération est la plus simple du monde, et chacun peut la faire sans danger : il suffit de saisir et d'inciser la bourse pour en faire sortir le testicule. Après une simple onction de saindoux la plaie guérit d'elle-même.

J'arrive au point capital de cette étude : la nourriture! Celui qui élève des lapins pour en faire commerce ne doit pas oublier que cet animal est d'un prix très-peu élevé, et que par conséquent, pour gagner sur sa vente, il faut que la nourriture n'ait presque aucune valeur.

On donne à manger aux lapins deux ou mieux trois fois par jour. En se servant de râteliers pour le foin et les racines, et d'augets, comme je l'ai dit, pour le grain et le son, on évite de grandes pertes, et l'animal mange avec plus de goût une nourriture qui n'a pas contracté l'odeur de ses excréments.

Les débris de légumes, les feuilles de vigne, le regain du trèfle et de la luzerne, le fourrage du blé de Turquie, les pommes de terre, les carottes surtout, les turneps, les betteraves, la chicorée, le persil, la pimprenelle, enfin, et pour tout dire, l'herbe commune, sont une nourriture suffisante au lapin. Le blé, le son, sont pour lui rôti et gibier.

Quand on doit servir un fourrage vert aux lapins, il faut éviter avec soin qu'il soit mouillé de rosée. Cette circonstance leur est funeste. De même, pendant la belle saison, quand on va, suivant l'expression consacrée, faire de l'herbe pour les lapins, il convient de laisser de côté la ciguë, le stramoine, la jusquiame, l'oseille, le paturin, la surelle, qui causent de grands dommages à la santé de ces pauvres animaux et souvent occasionnent leur mort. Que de fois la mortalité des jeunes lapins a été attribuée à des épidémies, lorsqu'elle n'avait d'autre cause que ces fourrages insalubres qu'il est si facile d'éviter en traitant les lapins comme les autres animaux, et fauchant pour eux, comme on fait pour les autres, dans une prairie saine ou dans un fourrage artificiel de bonne qualité.

Du reste, cette race essentiellement grignotante, comme l'indique la conformation de sa mâchoire, s'accommoderait mal d'un régime uniquement composé d'herbages : il faut y joindre, comme je l'ai dit, quelques racines, des carottes, des pommes de terre, des navets, des betteraves, des topinanbours, et même des fruits, qui sont pour les lapins un régal, comme des glands, des châtaignes, du blé ou du son; mais on emploiera de préférence les racines les moins chères dans le pays qu'on habite, et on en proportionnera la quantité au prix qu'elles coûtent et au rendement des animaux qui les consomment.

La croissance du lapin n'est pas longue. Vers l'âge de trois ou quatre mois il peut être vendu pour la table. Avec mon petit clapier de vingt mètres, je suis en mesure de conduire au marché, chaque mois, une charretée de quarante lapins qui me rapportent soixante francs, sans que j'aie pris aucun souci de les engraisser, mais qui fourniraient un produit beaucoup plus

considérable si on voulait s'en donner la peine ;
car la valeur des lapins engraissés est double
de celle des lapins maigres.

On attend, pour les mettre au régime, qu'ils
aient atteint tout leur développement, cinq à six
mois par exemple, et alors, pendant une quin-
zaine de jours, on leur prodigue, en quatre
repas, des boulettes de pommes de terre cuites
et de farine d'orge ou de maïs. Pendant les
derniers jours, on leur donne un peu de blé
en grain. Leur chair devient alors exquise, et
leur corps double presque de volume.

Le fumier des lapins est un puissant engrais
et très-abondant, relativement à la quantité de
nourriture que consomment ces animaux. On
ne doit. donc jamais ménager la litière qui leur
est d'ailleurs si nécessaire ; car il ne faut pas
oublier ce principe, que la propreté des étables
est le meilleur préservatif contre les maladies
des animaux.

Plusieurs petits propriétaires se refusent à
élever des lapins, précisément sous ce prétexte, que la santé de ces animaux est très-
délicate et qu'ils sont sujets à de nombreuses
maladies : c'est une raison pour les bien soigner,

mais non pas pour se priver du bénéfice que l'on peut tirer de cette industrie.

La stagnation des fumiers et de l'urine développe chez les petits une *maladie d'yeux* fort grave, car elle les fait périr en peu de temps. On ne peut les sauver qu'en transportant toute la nichée dans une cabane propre, garnie de paille fraîche.

L'usage d'une nourriture verte trop succulente, comme les choux, les liserons, les laitrons, la chicorée sauvage, donne aux lapins des *indigestions*, surtout quand ces aliments sont mouillés de rosée. Il faut user de ménagement dans la distribution qu'on leur fait de ces verdures quand on ne leur en a pas servi depuis longtemps.

Ces animaux sont encore sujets à une maladie qui se manifeste par un amas d'eau dans la vessie, et que l'on nomme *gros ventre*. La cause en est peu connue. Le traitement demande une nourriture peu abondante : mais ce serait une erreur grossière de leur refuser la boisson accoutumée; il suffit de la rendre diurétique par l'emploi d'un peu de salpêtre.

Parfois aussi les lapins sont atteints d'une

gale contagieuse. Il faut sacrifier immédiatement ceux qui sont reconnus malades, pour ne pas infecter tout le troupeau.

Avant de porter les lapins au marché, quelques éleveurs sont dans l'habitude de les tuer : il est préférable de les porter vivants dans de grandes panières couvertes d'un réseau. Chacun les tue à sa façon : ceux qui les saignent me semblent agir plus sagement que ceux qui les assomment; la chair en est plus blanche.

La peau du lapin se vend dans le commerce pour les besoins de la chapellerie. Celle d'hiver est plus estimée que celle d'été.

Quant aux manières d'assaisonner ce gibier, c'est le domaine de la cuisine. On peut dire néanmoins ici que la chair de lapin, sans être un aliment de premier choix, est appétissante, légère, et nourrit bien. On peut en faire des ragoûts, des rôtis, et même du bouillon qui n'est pas à dédaigner. Unie à la viande de porc, elle donne d'excellents pâtés. Ses qualités se rapprochent de celles de la chair du veau, qui est également une viande blanche.

LES POULES

La poule est la femelle du coq. Ses petits se nomment d'abord *poussins*, puis *poulets*. On appelle *chapon* et *poularde* le coq et la poule que la castration a rendus impropres à la reproduction.

Ces animaux originaires de la haute Asie sont ralliés à l'homme depuis un temps immémorial. Ils sont le symbole de l'activité et de la vigilance nécessaire au villageois. On les rencontre dans les plus humbles fermes, car leur sobriété est telle qu'ils trouvent presque partout à vivre ; mais leur nombre serait bien plus considérable, et leur élevage entrepris sur des bases plus étendues, si la routine n'empêchait la plupart des petits particuliers

de se rendre compte du profit que l'on peut
tirer d'une pareille industrie, et ne leur faisait
regretter les quelques poignées d'avoine et de
mauvaises criblures de blé que les ménagères
leur distribuent de temps à autre.

Il est certain que la quantité de poules et
de poulets élevés en France ne répond pas aux
besoins du pays. Paris seul consomme par an
200,000,000 d'œufs, au prix moyen de 12 centimes, et près de 15,000,000 de kilog. de
poulets ou poulardes, au prix moyen de
4 francs le kilog. Que l'on considère maintenant que huit poules et un coq, dans l'hypo-
thèse la mieux favorable, c'est-à-dire celle où
on les nourrit seulement d'avoine, et où l'on
ne fera éclore aucun œuf, ne mangent dans
une année que trois hectolitres de ce blé qui
représentent ici trente francs, et fourniront
mille œufs qui représentent à Paris cent vingt
francs, et l'on se rendra facilement compte de
ce que peut produire cette industrie pratiquée
sur une certaine étendue avec économie et
intelligence.

Malheureusement, chez nous, la basse-cour
et ses profits ne sont considérés par la multi-

tude des villageois que comme des accessoires insignifiants qui méritent à peine qu'on s'en occupe. On oublie que les petits profits multipliés finissent par faire de grosses sommes. Nous laissons à l'abandon nos volailles qui rapporteraient cinquante pour cent, et nous suons sang et eau pour rivaliser avec les grands fermiers en produisant du froment sur lequel nous gagnons quatre francs par sac, après avoir épuisé nos peines à en faire donner une cinquantaine d'hectolitres à nos cinq ou six hectares de terrain.

Je n'ai point, comme vous voyez, un troupeau de poules énorme. S'il y a cent pondeuses chez moi, c'est tout au plus : eh bien, je ne troquerais pas le rendement annuel de ce petit troupeau pour le produit de la première venue des métairies voisines, qui me coûterait trente mille francs au moins d'achat, tandis que mon poulailler ne me revient pas à trois mille.

A ceux qui voudraient suivre mon exemple, je recommanderais surtout trois choses : 1º le choix des espèces; 2º l'aménagement du poulailler; 3º la largesse dans l'alimentation.

Je n'ai pas la prétention de vous décrire ici

les vingt-deux espèces de poules indiquées par
M. Malésieux ; j'aime mieux, avec M. Joigneaux,
et laissant de côté des signes minutieux ou
hypothétiques, partager nos poules domestiques
en trois catégories, d'après la taille et les
classes, en *poules naines*, *poules de race
moyenne* et *poules de grande race*.

Dans la *première catégorie* se rangent des
espèces qui ne sont guère plus grosses que
des perdrix, et sont plutôt recherchées pour
la beauté de leur plumage ou la grâce de leur
taille que pour les usages domestiques. Cependant quelques-unes ont une chair délicate. Il
faut citer dans ce nombre :

La *poule de Batave*, basse sur pattes,
d'allure hardie et de port gracieux. Elles sont
douces, familières et franches. Leur chair est
délicate, et elles pondent de petits œufs qu'elles
couvent avec ardeur. Il y en a de toutes les
couleurs, jaunes, grises, blanches, noires,
dorées ; quelques-unes sont pattues, d'autres
huppées ; enfin les croisements leur ont fait
subir toute sorte de modifications.

Les *poules soyeuses*, dont la plume ressemble
à un duvet éclatant, fournissent une chair

exquise; mais elles sont très-délicates et demandent de grandes précautions.

Les *poules frisées* sont du même genre. On en voit de diverses couleurs, et leur principal mérite consiste dans leur rareté.

Les *poules sauteuses*, qui viennent du Cambodje, sont plus grosses que les bataves, comme elles deviennent emplumées, et comme elles sont très-fécondes. Elles sont si basses sur jambes que quand elles courent on dirait qu'elles bondissent.

Les *poules nègres* forment une sorte de transition; leur nom ne leur vient pas de leur plumage, qui est blanc et frisé, mais de leur chair, qui est noire comme celle du ramier et offre un goût de venaison. Elles sont plus grosses que les cambodjes.

Dans la *deuxième catégorie* se rangent les poules robustes, domestiques, productives, dont les espèces sont préférées suivant les pays. Elles ont la taille moyenne, des couleurs variées, et des aptitudes diverses à l'engraissement et à la reproduction qu'il est important de bien connaître.

La *poule commune*, la plus rustique de

toutes, qui est si facile à nourrir que le plus souvent on ne la nourrit pas, présente toutes les nuances imaginables du noir au blanc en passant par le jaune. Elle pond avec une fécondité moyenne, est précoce et donne de bons produits pour la table ; mais elle est coureuse, s'envole comme un pigeon et ravage les champs ; ce qui est pour les ménagères une source fréquente de querelles.

La *poule espagnole*, rare chez nous, est d'un noir brillant, de belle taille, avec une forte crête et de grosses taches blanches aux joues. Elle est mauvaise couveuse, mais ses œufs sont gros, et sa chair délicate. Il faut ajouter que sa fécondité est médiocre, ce qui rend son entretien coûteux.

Les *poules Dorking* ne se distinguent guère des poules communes que par les cinq doigts de leurs pattes. Elles se recommandent par la délicatesse de leur chair et leur facilité à prendre la graisse ; mais elles ne sont ni bonnes pondeuses ni bonnes couveuses, et, en somme, ne sont pas d'un entretien avantageux.

Les *poules de Padoue*, plus grosses que la

poule commune, montées sur des pattes plus hautes, ornées de belles huppes qui leur enveloppent la tête et leur donnent une physionomie à part, donnent des sujets qui pèsent jusqu'à sept et huit livres; mais elles craignent les intempéries, et quoique bonnes pondeuses, elles couvent mal. C'est de préférence un oiseau d'amateur. La chair en est délicate.

Les *poules de Houdan* sont comme les précédentes, quoique moins grosses, fort gracieuses à voir, à cause de la variété de leur plumage varié de blanc, de noir, de violet et de vert, et aussi par le bel aspect de leur huppe rejetée en arrière. Elles sont assez précoces et fécondes, quoique mauvaises couveuses, et leur chair délicate est d'un engraissement facile. Mais elles sont gourmandes, et demandent pour réussir des soins minutieux.

Les *poules de la Flèche*, qui fournissent les fameux chapons et les poulardes du Mans, sont hautes sur jambes, d'un plumage serré et sombre comme les poules espagnoles, et comme elles aussi marquées d'une tache blanche à la joue. Leur crête présente une double corne. Elles ont les pattes grises. Cette espèce n'est ni féconde ni bonne couveuse; mais elle acquiert par l'engraissement un mérite constaté par plus de trois siècles de succès.

Les *poules de Crèvecœur* sont de haute taille, de couleur noire, huppées et ornées d'une crête bifurquée. Le mâle joint à ces ornements une colerette bifurquée du plus bel effet. Cette espèce est féconde, robuste et d'un gros produit, car les sujets prennent facilement la graisse et dépassent en pôids les dorkings.

Les *poules de la Campine*, dont on fait le fameux chapon de Bude, si renommé en Hollande, sont les plus estimées dans les provinces du Nord, car elles joignent la fécondité à la délicatesse de la chair. Leur volume est moyen, avec des formes gracieuses, queue redressée, crête simple, plumage gris cendré, avec tête et camail blancs, et pattes blanches. On les nomme poules de tous les jours, car elles pondent en effet toute l'année. Elles couvent peu. En 1857, neuf poules de cette espèce ont donné dans leur année 1358 œufs.

Les *poules coucou*, que M. Letronne a observées dans le Perche, sont, dit-il, ainsi désignées à cause de la ressemblance de leurs plumes avec celles de l'oiseau qui porte ce nom. Leur crête est très-épaisse, granulée, recouvre toute la tête, et finit par-derrière en crochet. Les pattes sont d'un blanc-rosé. Cette race est robuste, sobre et bonne pondeuse; sa chair n'est point mauvaise, et son engraissement passablement rapide.

Dans la *troisième catégorie*, on range seulement les rares espèces dont la taille acquiert des proportions inusitées. Elles sont toutes d'importation nouvelle chez nous.

Les *poules russes*, hautes sur pattes, jaunâtres et mal emplumées, acquièrent le volume d'un petit dindon. C'est une espèce dont la viande n'est pas extrêmement délicate et qui est peu féconde; mais la rapidité de sa croissance et sa rusticité la font rechercher par les personnes qui préfèrent la quantité à la qualité, et ce nombre n'est pas petit sur les marchés.

Les *poules cochinchinoises*, quoique connues en Europe seulement depuis 1844, sont aujourd'hui très-répandues. Ce sont des oiseaux disgracieux, roux, blancs ou noirs, d'une nuance terne, mais très-volumineux. Les poules cochinchinoises, bonnes couveuses, bonnes pondeuses, rustiques quand elles ont passé les premières semaines, et sédentaires, semblent devoir envahir nos basses-cours. Elles sont cependant inférieures à nos espèces indigènes sous le rapport de la qualité de leur chair.

Les *brahma-poutra*, encore plus grosses que les précédentes, ont les mêmes qualités et les mêmes défauts. C'est toujours une viande de qualité inférieure.

Je ne me permets point d'avoir dans ma basse-cour des individus de toutes ces variétés ; je laisse ce soin aux amateurs curieux. Je ne m'occupe, comme je vous l'ai dit, que de la question des produits.

A ce titre, les meilleures races françaises comme pondeuses, dit un auteur fort éclairé dans ces matières, sont : 1° La *poule commune*, à pattes grises, mélange de toutes sortes de races, offrant par conséquent une grande variété de taille et de plumage. Les grises et les noires, ainsi que celles dont le plumage est mêlé de noir et de blanc, sont les plus estimées. — 2° Les *poules russes* à pattes jaunes, race indigène malgré son nom étranger. Celles qui ont le plumage brun ou fauve sont les plus recherchées. — 3° De toutes les races étrangères, la meilleure comme pondeuse est la poule grise et blanche de la Campine.

Les meilleures races françaises pour l'engraissement sont : — 1° La grande poule normande du Calvados, dite *poule de Crèvecœur;* — 2° la *poule de Bresse*, qui atteint quelquefois la taille d'une dinde. C'est elle qui fournit ces poulardes du Mans qui se vendent si cher à Paris. Elle ne pond qu'un petit nombre d'œufs qu'il faut garder pour la reproduction. — Parmi les races étrangères les plus renommées pour la même destination, je ne recommanderai que la *poule Dorking*.

Quel que soit le but qu'on se propose, vente des œufs, ou élevage des poulets pour la table, le choix le plus scrupuleux et le plus éclairé doit présider à la désignation des individus que l'on garde chaque année pour remplacer les vieux coqs et les vieilles poules ; car la vigueur de l'un et de l'autre ne dure guère plus de quatre ans, et il y a avantage à renouveler le poulailler tous les ans par tiers.

Comptez un coq par dix poules. A quelque

race qu'il appartienne, ce sultan doit avoir
l'œil vif, la contenance hardie, le plumage
bien fourni, une belle queue panachée, le bec
gros et court, et la crête d'un beau rouge. Il
faut qu'il soit alerte, assidu auprès de ses
poules, constamment prêt à les défendre. Le
chant fréquent et éclatant est encore une des
qualités qui dénotent un bon coq. Il peut
régner dès l'âge de trois mois.

Une bonne poule doit être douce et bien
emplumée; elle doit avoir la tête grande, le
cou gros, le ventre développé, la crête rouge
et pendante, les oreillons blancs. Elle ne doit
être ni coureuse, ni gourmande, ni trop grasse,
et passer son temps à picorer dans la cour
quand elle n'est pas occupée à pondre ou à
couver.

Après le choix minutieux des reproducteurs,
il faut s'occuper avec zèle de l'installation du
poulailler. Dans presque toutes les fermes, on
laisse aux volailles la liberté de vaguer dans
les cours au milieu des bestiaux, afin qu'elles
puissent recueillir dans les fumiers et les litières
les grains échappés des mangeoires, ce qui
procure l'avantage de les nourrir pour ainsi dire

sans frais. Cette manière de faire, qui n'a pas d'inconvénients quand elle s'applique à cinq ou six poules élevées uniquement pour les besoins de la maison, n'est plus praticable quand on veut faire le commerce des poules sur une certaine étendue. Il est alors indispensable d'avoir un poulailler, et il n'est point douteux que le succès de l'entreprise dépende en grande partie de la salubrité et de la bonne disposition de cet édifice. Si un poulailler est trop froid, les poules n'y pondent point; s'il est trop chaud ou trop humide, elles y sont exposées à des maladies. Enfin, si les murs ne sont pas crépis avec soin, si le sol n'est pas bien carrelé, les rats et les insectes s'y nicheront, troubleront le sommeil des poules et les empêcheront d'y prospérer.

La grandeur d'un poulailler est proportionnée au nombre des poules qu'on possède. S'il a quatre mètres de large sur sept de long, il pourra contenir cent cinquante volailles. Il doit être exposé au levant, et ouvrir sur une grande cour qui peut être commune aux poules, aux oies et aux canards, mais où les porcs, les lapins et les dindons ne doivent pas séjourner.

Outre la porte ordinaire, il est bon de ménager à la hauteur d'un mètre et demi une fenêtre qui sert pour l'entrée et la sortie des poules et qu'elles atteignent au moyen d'une échelle mobile. En face de la porte, s'ouvrira au nord une autre petite fenêtre finement grillée, qu'on ne fermera que dans les grands froids, afin d'entretenir dans l'intérieur un courant d'air salubre.

Le poulailler doit être garni de perchoirs et de pondoirs. Il est bon que les perchoirs soient mobiles, afin qu'on puisse les retirer quand on veut nettoyer le poulailler de fond en comble; et il faut que les échelons dont ils se composent soient inclinés de manière à empêcher les excréments de salir les poules ou les nids. Les pondoirs se fabriquent indifféremment en osier ou en planches, et se placent en nombre variable à une petite hauteur autour de la muraille; ils doivent être tapissés d'une couche de paille brisée.

Les pondoirs, les juchoirs et l'aire du poulailler doivent être tenus dans le plus grand état de propreté. Il faut lever le fumier chaque semaine, et les laver de temps en temps à grande eau, pour empêcher la vermine de pulluler. Du reste, le fumier de poule a une grande valeur et paie amplement de la peine qu'on se donne.

A chaque poulailler doivent encore être annexées deux pièces propres et bien chaudes, ordinairement placées près du four. L'une d'elles sert à loger les couveuses; l'autre à isoler les petits poulets encore trop jeunes pour être mis en liberté dans la cour et pour atteindre les juchoirs.

Les poules pondent presque toute l'année; mais leur fécondité varie beaucoup avec les individus : il en est qui ne donnent pas cinquante œufs par an ; d'autres pondent tous les jours pendant six ou huit mois de l'année.

On reconnaît qu'une poule va pondre quand elle à la crête rouge et qu'elle mange avec voracité ; une nourriture stimulante active cette disposition. Les plus précoces commencent en février ; avril, mai et juin sont les mois de la plus grande fécondité. La ponte diminue en juillet pour reprendre en août et septembre. En octobre et novembre, la ponte cesse presque entièrement : c'est le temps de la mue. Au mois de décembre, elle est tout à fait nulle, à moins qu'on n'ait mis à part quelques poulettes chez lesquelles on active la fécondité par une nourriture choisie.

Les poules qui pondent recherchent l'obscurité et le silence. Aussi, lorsque le pondoir n'est pas à leur convenance, elles l'abandonnent pour aller nicher dans un lieu écarté. Quand on s'aperçoit de ce caprice, il faut ne pas enlever tous les œufs à la fois, parce que ce serait exposer les pondeuses à chercher une autre cachette. Mais pour celles qui pondent dans le poulailler, il faut leur enlever les œufs tous les jours, à l'exception d'un seul, qui se nomme le *niot*, et qui est souvent remplacé par un œuf de plâtre.

Une fois au moins, dans le courant de l'été, chaque poule s'arrête de pondre et manifeste le désir de couver. On reconnaît cette disposition à ce que la poule glousse sans cesse et reste des heures entières accroupie dans un nid. Il est des circonstances où il faut favoriser cette disposition, et d'autres où il faut la détruire. En général, on profite des dispositions de toutes les poules qui veulent couver en février ou mars, parce qu'elles auront des poussins précoces qui se vendront cher. On arrête, au contraire, les couveuses en septembre, parce que les premiers froids nuiraient aux petits et réduiraient à rien les couvées.

Lorsqu'on est décidé à faire couver une poule, il faut lui installer un nid dans la chambre des couveuses qui fait partie du poulailler. On emploie généralement pour cela une de ces *palisses* de foin et d'osier dans lesquelles les paysans mettent lever leur pain. Il suffit de la remplir à moitié de foin, de manière à former une surface plane et d'y placer les œufs de façon que chacun d'eux puisse recevoir également la chaleur maternelle. Quelques ménagères ont l'habitude de recouvrir la poule et son nid par une deuxième palisse qui la mette dans l'obscurité; mais elles agissent ainsi sans penser que la poule à besoin de respirer. Il vaudrait mieux substituer à cette deuxième partie de l'appareil une petite carcasse d'osier recouverte d'une étoffe noire.

Le nombre des œufs que chaque poule peut couver est limité à douze, quinze au plus. Avant de les lui confier, une ménagère prudente devra s'assurer qu'ils sont bons (ce qu'on reconnaît quand ils ne surnagent pas dans l'eau et sont transparents au soleil), qu'ils appartiennent à l'espèce qu'elle désire multiplier, qu'ils ne sont pas trop vieux pondus et qu'ils sont gros.

On ne doit jamais ajouter de nouveaux œufs dans le nid d'une couveuse; mais comme elle amène rarement à terme plus de la moitié de sa couvée, il est avantageux de mettre couver plusieurs poules en même temps, afin de pouvoir réunir un certain nombre de poussins sous la même mère après leur éclosion, car l'adoption se fait sans le moindre obstacle.

La poule couve avec tant de constance, qu'elle se laisserait souvent mourir d'inanition sur ses œufs, si on n'avait soin de l'en ôter pour la faire boire et manger au moins une fois par jour. On profite de son absence pour mettre de côté les œufs cassés ou froids. La nourriture des couveuses se compose ordinairement de déchets de blé; mais il est bon d'y joindre un peu de salade, de choux ou d'herbages, pour les rafraîchir.

Quand on manque de poules pour la couvée,

on peut confier des œufs de poule à une dinde : elle s'acquittera de sa mission avec beaucoup de zèle, et pourra couvrir le double d'œufs d'une poule ordinaire ; mais son poids supérieur fait qu'elle en casse souvent et qu'elle court risque d'étouffer les petits au moment de l'éclosion. On se comporte du reste à son égard pendant la durée de l'incubation comme s'il s'agissait d'une poule, et il est remarquable qu'après une première éclosion de poulets, on peut immédiatement la remettre sur des œufs nouveaux sans qu'elle se refuse à les couver pareillement, car la durée de l'incubation des œufs de dinde étant plus longue que celle des poulets, elle ne sent le besoin de se reposer qu'après un mois de soins assidus.

Enfin, il s'est établi depuis quelques années, chez les éleveurs aisés, l'usage de faire éclore les œufs par des moyens artificiels, afin d'avoir toute l'année des poulets de grain à offrir à la table des gourmets.

La couveuse artificielle la plus en renom parait être celle de W. Cantele. C'est un appareil dont l'entretien n'est pas très-coûteux et qui peut facilement donner une couvée de cinquante poulets par semaine. Il consiste en un système de tuyaux de caoutchouc et de gutta-percha mis en communication avec la chaudière d'un thermo-syphon. La chaudière et les tuyaux sont exactement remplis d'eau et clos hermétiquement. Les œufs qu'on veut faire éclore sont suspendus dans des espèces de hamacs en étoffe de laine à longs poils. Les tuyaux passent immédiatement au-dessus sans les presser. Les poulets, en naissant, vont d'eux-mêmes se réfugier dans un asile préparé sous le nom de mère artificielle, et garni de peau d'agneau, le poil en dedans, de façon à imiter autant que possible la température et la délicatesse de l'aile maternelle. Cet appareil a l'avantage de permettre de régler le feu avec la plus grande précision, et d'être construit de manière que s'il venait à s'éteindre par négligence ou par accident, le refroidissement s'opérerait si lentement qu'on aurait le temps d'y remédier sans compromettre le succès de la couvée.

L'incubation des œufs de poule demande de 21 à 23 jours. Le poussin, jusqu'à ce moment roulé en boule avec son bec sous l'aile droite, comme un oiseau endormi, crève alors sa coquille et s'en échappe couvert d'un duvet de soie très-fin. Quelques observateurs prétendent l'avoir entendu chanter dès la veille de son éclosion.

Pendant que les poussins éclosent, la mère est généralement d'une humeur très-farouche. Il faut éviter de l'approcher; mais on doit profiter du moment de son repas pour visiter les œufs non encore éclos, jeter ceux qui sont clairs ou pourris, humecter avec un peu d'eau tiède les bords de ceux dont le poussin n'a encore sorti que la tête, et même favoriser, en faisant un petit trou au gros bout de l'œuf, la sortie de ceux qui n'ont pas eu la force de briser la coquille; mais dans aucun cas il ne faut ôter soi-même le poussin de son enveloppe, parce que si son nombril présentait encore un fragment de jaune ou de caillot de sang, signe d'une incubation incomplète, le nouveau-né serait perdu.

Lorsque l'éclosion est finie, il faut ôter du nid tout ce qui s'y trouve, paille, laine et débris d'œufs, et le brûler, ou au moins le jeter hors de l'appartement; car c'est un réceptacle à vermine dont les jeunes poussins auraient beaucoup à souffrir.

Il n'y a aucun inconvénient à rester 24 heures sans s'occuper de la nourriture des nouveau-nés. On les sort du nid avec la mère, on les laisse promener un peu au soleil; mais leur bec étant encore trop tendre pour manger, on soutient leurs forces avec un peu de vin chaud qu'on leur sert dans une assiette plate.

La première nourriture qu'on leur donne doit être de la mie de pain trempée dans du vin, ou mêlée avec des jaunes d'œuf et du lait. Quelques jours plus tard, ils sont déjà en état de manger du grain ramolli par un séjour de 24 heures dans l'eau; enfin le quatrième jour ils peuvent manger du grain tel qu'il sort de l'épi.

On leur distribue la nourriture plusieurs fois par jour, sous une *geole* ou cage d'osier, dont les barreaux sont assez espacés pour laisser passer les poussins, mais pas assez pour en permettre l'entrée aux grosses volailles. Cette précaution est importante pour empêcher les poules ou les gros poulets de manger la part des plus jeunes, auxquels la privation de nourriture serait extrêmement funeste.

Les poussins boivent souvent et beaucoup; par conséquent il faut toujours mettre sous leur cage un vase plein d'eau qu'on renouvellera tous les jours. Cette précaution est principalement de rigueur quand on les nourrit de graines sèches.

Chaque soir, et même quand il pleut ou que le temps est frais, on remettra les poussins sous leur mère dans son nid, et on évitera de les laisser sortir de leur chambre si le soleil ne paraît pas, surtout le matin avant que la rosée soit dissipée.

La mère veille à tous les besoins de sa couvée avec la plus vive tendresse. Sans cesse occupée de ses petits, elle ne cherche de la nourriture que pour eux : si elle n'en trouve point, elle gratte la terre avec ses ongles pour lui arracher les aliments qu'elle recèle dans son sein, et elle s'en prive en leur faveur; elle les rappelle lorsqu'ils s'égarent, les met sous ses ailes à l'abri des intempéries et les couve une seconde fois. Elle se livre à ces tendres soins avec tant d'ardeur et de souci, que sa constitution en est sensiblement altérée, et qu'il est facile de distinguer de toute autre poule une mère qui mène ses petits, soit à ses plumes hérissées et à ses ailes traînantes, soit au son enroué de sa voix et à ses différentes inflexions toutes expressives et pleines de sollicitude maternelle.

Si elle s'oublie elle-même pour conserver ses petits, elle s'expose à tout pour les défendre. Paraît-il un épervier dans l'air, un chien, un renard dans le voisinage, cette mère si faible, si timide, et qui en toute autre circonstance chercherait son salut dans la fuite, devient intrépide par tendresse; elle s'élance au-devant de la serre redoutable; elle affronte la force du chien, la ruse du renard, et parvient presque toujours à mettre en déroute ses ennemis.

Entourés de tant de soin, les poussins grandissent vite, pourvu que la température ne soit pas trop froide et que la nourriture ne leur fasse pas défaut. Dès le huitième jour quelquefois, les plumes de la queue et des ailes commencent à pousser. C'est la première crise de leur vie. A ce moment ils ont besoin de plus de soins, et sont plus que jamais sensibles au froid, à la pluie.

Vers l'âge d'un mois, on peut les retirer de
la chambre des poussins et les mettre au poulailler, car ils chantent, volent et perchent très-
bien. Ils n'ont plus besoin de soins particuliers;
il faut seulement veiller à ce qu'ils assistent à
la distribution générale des aliments; mais ils
y viennent fort bien d'eux-mêmes quand elle
se fait à heures fixes, et il n'est pas nécessaire
de les appeler.

Enfin, à six semaines, ils quittent leur mère;
ils savent alors chercher et trouver leur nourriture; mais le moment de les manger n'est pas
encore venu, ils ont trop peu de chair.

Au mois de mai, quand le soleil est beau,
rien ne réjouit mon cœur de villageois, comme
de voir le matin toute cette colonie de poules,
de poussins et de poulets se précipiter hors
de l'étable dès qu'on leur en ouvre la porte,
et se répandre dans la cour au milieu des oies
bavardes et des canards gloutons, en poussant
des cris de joie et en battant des ailes. Les
petits suivent leurs mères qui les dirigent avec
sollicitude du côté du soleil; les poules vont
boire ou picorer l'herbe verte nouvellement
sortie de terre. Les coqs, majestueux et fiers,

marchent d'un pas grave, conduisent, défendent, menacent leurs favorites, leur cherchent des vermisseaux, les caressent avec jalousie, et souvent se battent entre eux, ou célèbrent leurs triomphes par des chants éclatants.

Lorsqu'alors ma femme paraît portant au bras un panier de grain, c'est à qui courra vers elle, à qui grimpera sur ses épaules et portera la familiarité jusqu'à s'introduire dans son panier; mais bientôt le calme se fait : les jeunes entrent sous leur cage, où leur nourriture est mise à l'abri de la gourmandise des aînés : les coqs appellent leurs femelles vers les trésors qu'une main généreuse leur distribue; le repas du matin s'accomplit sans coup de bec, et chacun, repu ou à peu près, court se désaltérer au ruisseau, pour se remettre à chanter, à pondre ou à picorer jusqu'au prochain repas.

N'allez pas croire cependant que le grain soit la nourriture principale de nos poules : il faudrait alors sinon renoncer à tout profit, du moins en voir considérablement diminuer le chiffre, à cause du prix élevé qu'atteignent l'avoine, l'orge, et même le maïs ou le sarrazin, dans certaines saisons. A la campagne, il faut savoir

9

tirer parti de tout et économiser sur tout. Le repas d'une poule n'est pas gros, et il y a beaucoup de choses qu'elle mange avec plaisir. La salade, le chou, les sarclages de jardin sont pour elle un régal. Elle aime passionnément les châtaignes cuites, le gland, les betteraves, les pommes de terre, les rutabagas, le son, les vers de terre, les limaçons, et jusqu'à la viande. J'avoue que je n'aime point à nourrir mes volailles avec des charognes, pas plus que mes porcs ; mais si j'étais à portée d'une ville, j'établirais volontiers une verminière parce qu'il y a une grande économie à le faire et que les poules en ressentent une très-grande activité pour la ponte.

Pour préparer une *verminière*, il suffit de creuser, dans un coin hors de la cour, une fosse dont on tapisse le fond d'un lit de paille hâchée. On recouvre cette paille d'une couche de crottin de cheval, et ensuite d'une autre couche de terre, sur laquelle on répand du sang de boucherie, des débris de tripes, toutes les issues sans valeur commerciale, jusqu'à ce que la fosse soit remplie. On recouvre le tout de planches et de pierres pour éloigner les chiens et les loups, et en peu de jours on obtient, surtout l'été, des milliers de vers. Chaque matin, un homme tire en quelques coups de pelle ce qui est nécessaire pour la journée, et une fois ou deux par semaine on ajoute de nouveaux débris.

Quel que soit le genre de nourriture que l'économie conseille à chaque éleveur, il devra, sous peine de grandes déceptions, tenir un compte exact et journalier de ce que son poulailler lui coûte et lui rapporte. Il constatera facilement qu'en certaines saisons il y a perte, et il devra se livrer à une expertise sérieuse pour savoir si la vente des œufs lui rapporte davantage que l'élevage des poussins, si au contraire l'éducation et l'engraissement des poulets pour la table lui est plus avantageux, ou si l'un et l'autre se balancent; et alors il dirigera avec connaissance de cause les diverses branches de son exploitation.

La vente des œufs se fait pendant l'hiver à de très-gros bénéfices. Cette cherté dure jusqu'à la fin du carême. Le grand souci du marchand d'œufs devra donc être de pouvoir disposer dans cette saison d'une quantité considérable de ces produits, et s'il parvient à conserver jusqu'à l'hiver dans leur état de fraîcheur primitive, les œufs recueillis en août, septembre et octobre, il en doublera la valeur.

Dans cette persuasion, les marchands d'œufs de tous les temps ont cherché des procédés pour leur conservation. Ils les enfouissent ou dans le blé ou dans la cendre; il en est qui les mettent dans la chaux morte, d'autres dans la paille hâchée. Le principe serait de les garantir à la fois du contact de l'eau, de l'humidité, de l'action de l'air, de la gelée et de la chaleur : conditions assez difficiles à réunir.

Quant aux poulets, c'est en avril et en mai qu'ils commencent à paraître sur les marchés. Ils se vendent alors très-bien, même quand ils ne sont pas gras. On a coutume de les bourrer de nourriture pendant une semaine ou deux avant de les porter vendre. Malgré ces précautions, leur croissance est trop rapide pour qu'on puisse à cet âge songer à les engraisser; ce n'est que vers quatre ou cinq mois qu'on peut l'essayer avec succès.

On donne le nom de *coqs vierges* et de *poules vierges* à des poulets et poulettes qu'on a soin de séparer du troupeau, vers trois ou quatre mois, avant qu'ils aient essayé de se reproduire, et qu'on met à l'engrais sans leur faire subir la castration. Il paraît que les individus ainsi préparés ont un goût plus fin que les chapons et les poulardes; et comme ils se vendent beaucoup plus cher, on peut facilement en avoir en tout temps, quoique leur nourriture soit plus coûteuse, parce que la graisse leur vient moins vite.

Les *chapons* et *poulardes* sont des individus auxquels on a enlevé les organes de la reproduction. Je ne décrirai pas ici cette opération, qui est facile, mais qu'il faut avoir vu faire. Toutes les matrones du reste y sont exercées. La castration produit sur les volailles, comme sur les autres animaux, un effet très-sensible. Il faut l'opérer vers l'âge de quatre mois, autant que possible, au printemps ou en automne, pour éviter la gangrène. En même temps qu'on chapone les coqs, il est d'usage de leur enlever la crête. Les gourmets recherchent avec avidité les rognons et les crêtes de coq. On peut vendre ces débris un prix élevé quand on habite le voisinage des grandes villes.

9 *

Enfin, quand les *vieux coqs* et les *poules mères* ont dépassé l'âge favorable à la reproduction, on les engraisse pareillement. Leur chair ne donnerait pas un rôti succulent comme celle du chapon ou de la poularde; mais on en fait des daubes et d'excellents pot-au-feu. Le bouillon de coq est recommandé aux malades par Hippocrate.

Les méthodes d'engraissement sont diverses suivant les contrées; il est trois conditions qu'il faut toujours remplir pour atteindre prompte-ment son but : l'affaiblissement musculaire, le repos absolu, et la surabondance d'une nour-riture facile à digérer.

On obtient les deux premières conditions à l'aide de l'*épinette* ou *mue*. C'est, dans sa plus simple expression, une caisse médiocrement large et très-longue, reposant sur des tréteaux : elle est divisée à l'intérieur par de minces cloisons en petites cases, comme serait un panier à bouteilles; à l'extérieur, chaque petite case a une ouverture fermant avec une plan-chette à coulisse, devant laquelle est cloué un double auget contenant la nourriture et la boisson; la fonçure inférieure est faite en lattes espacées de manière à laisser facilement passer les excréments ; la partie supérieure ferme par des couvercles à charnières indépendants les uns des autres et percés de trous pour laisser circuler l'air. Une condition qui paraît indispensable, c'est que l'épinette soit placée à l'abri de l'air, et que chaque case soit assez petite pour que la volaille à l'engrais ait peine à s'y retourner.

L'épinette étant bien construite et peuplée de sujets dignes de figurer sur la table des riches, il y a deux méthodes pour arriver à un prompt engraissement : celle de la *nourriture libre* et celle de la *nourriture forcée*.

La première est la plus humaine, la plus naturelle, la meilleure à mon goût, quoique un peu plus coûteuse peut-être. Elle consiste à donner, un certain nombre de fois par jour et à des heures réglées, soit du grain, soit de la pâte de farine à l'animal que l'on veut engraisser. Au moment du repas, on lève la porte à coulisse de chaque loge, et l'on sert à discrétion chaque individu dans son augette séparée. Le repas fini, on enlève l'augette, et on laisse glisser la porte, car il est d'expérience que, pendant le travail de la digestion, la volaille à l'engrais doit être maintenue dans l'obscurité et le silence.

Les engraissements au grain seul réussissent parfaitement. Tous les blés sont bons, sauf le seigle que les volailles mangent à regret ; mais elles dévorent avec avidité le maïs, le blé noir, l'orge et l'avoine, dont le prix est généralement peu élevé. Les déchets de battage ne conviennent pas pour la nourriture dans les épinettes ; il faut les réserver pour les jeunes poulets, les porcs, les oies, etc.

Vingt jours de bonne nourriture suffisent pour engraisser un poulet ou un chapon, pour peu qu'il fût en état au moment de sa mise à l'engrais.

Les engraissements à la pâte sont encore plus rapides que ceux au grain. Dans cette méthode, après deux ou trois jours de nourriture au grain, on remplace chaque distribution par celle d'une pâte faite avec la farine des mêmes graines préalablement blutée et délayée dans du lait doux ; on y mêle souvent des pommes de terre ou des châtaignes cuites et écrasées.

Trois repas par jour de pâtée pendant quinze

jours doivent mener une volaille à point. Il
faut avoir soin de ne jamais donner cet aliment
en excès. Il ne faut pas qu'il en reste dans les
augettes, car il aigrirait et produirait des effets
pernicieux. Il est indispensable de tenir ces
petits meubles très-propres et de renouveler
l'eau comme la pâte à chaque repas. Si la
bête ne mangeait pas la pâtée avec appétit,
il suffirait, pour exciter sa gourmandise, d'y
mêler quelques grains entiers.

J'ai dit que, non contents des résultats obtenus
par la méthode d'engraissement avec la *nourriture libre*, quelques éleveurs, plus soucieux
du résultat pécuniaire que de l'humanité envers
les animaux, avaient fait valoir les avantages
de la *nourriture forcée*.

C'est avec la nourriture forcée qu'on prépare les poulardes du Mans et de la Flèche,
dont les Parisiens sont si friands. Si je ne
craignais de passer pour hérétique, je dirais
qu'en ce point, comme en plusieurs autres du
reste, les Parisiens ne font pas preuve d'un
goût gastronomique épuré. Mais j'écris pour
ceux qui élèvent, et non pour ceux qui consomment : je dois donc indiquer à ceux-là les

moyens de tirer le plus grand profit de leur
marchandise. Or voici, d'après M⁰ Millet-Robinet
qui le tient de bonne source, le procédé à
l'aide duquel on engraisse ces admirables
volailles, que l'on vend 8, 10 et jusqu'à 12
francs pièce.

On fait une mouture de trois parties de
blé noir ou d'orge et d'une partie d'avoine;
on passe la farine avec soin, et dans un vase
d'une dimension quelconque on la pétrit avec
du lait, jusqu'à ce que l'on obtienne une pâte
aussi ferme que si l'on voulait faire des gâteaux.
Alors on roule la pâte sur une planche, et on
en forme des pâtons de la grosseur et de la
longueur environ d'un doigt. Quand on a préparé de ces cylindres une quantité suffisante,
on prend successivement chaque volaille sur
ses genoux, on lui ouvre le bec, et avec le
doigt on lui enfonce le pâton dans le cou aussi
loin que possible, en évitant avec soin de la
blesser. Il faut à chaque bête deux, puis trois,
puis quatre, et ainsi jusqu'à douze pâtons par
repas, et deux repas par jour. Il est bon,
avant l'introduction de ce volumineux bol
alimentaire, de les tremper vivement dans

l'eau ou le lait pour faciliter leur glissement dans le gosier ; on aide même avec la main à ce mécanisme.

On reconnaît que les volailles, poulet, poulette, chapon ou poularde, sont en état d'être vendues, lorsque la peau est parfaitement blanche et la croupe très-lourde, et qu'en tâtant entre les épaules on trouve un bourrelet de graisse. Cela demande en moyenne seize jours.

Je ne connais point de viande qui soit comparable à celle de cette espèce d'oiseaux. Le faisan, quoi qu'on en puisse dire, ne la dépasse pas. Blanche, ferme, d'un goût délicat, d'une digestion facile, la chair du poulet, du chapon ou de la poularde, est à la fois destinée au gourmet et au malade ; c'est un privilége unique : on ne se lasse point d'en manger. Son seul défaut est son haut prix.

Ce prix élevé tient à deux causes : à l'élevage insuffisant, et aux maladies qui en détruisent chaque année une grande quantité. L'élevage deviendra suffisant quand on voudra. Les maladies disparaîtront avec l'hygiène.

Les maladies des poules ont en général

pour cause une nourriture insuffisante, une eau infecte, la malpropreté du poulailler. On reconnaît chez elles l'état de maladie à la tristesse, à la pâleur de la crête, aux plumes hérissées, au manque d'appétit.

La *pépie* provient de la malpropreté de l'eau. Cette maladie est caractérisée par l'apparition d'une pellicule cornée d'un blanc mât à l'extrémité de la langue. Il faut enlever cette excroissance avec un canif, et laver ensuite la place avec du vinaigre ; on tient ensuite l'animal enfermé quelques jours sans lui donner d'autre nourriture que du son mouillé. Cette maladie sévit fréquemment dans les basses-cours et fait beaucoup de victimes.

La *toux* est le symptôme principal d'une maladie vermineuse presque toujours fatale aux poules. Elles meurent par suffocation ; leur crête devient noire, et on les croit tourmentées par le sang. Cette affection ne peut être détruite que par les purgatifs et les boissons amères.

La *goutte*, la *constipation*, la *diarrhée*, la *vermine* ont une cause facile à saisir et un traitement indiqué d'avance.

Les *plaies* et les *fractures* guérissent d'elles-
mêmes, sans traitement, avec l'isolement et
le repos. Quand elles sont graves, mieux
vaut sacrifier la victime que de la laisser
souffrir.

Enfin, les *pustules*, et en particulier la
maladie du croupion, résultats d'une insalubrité
du toit, réclament le changement d'étable et
de nourriture.

L'OIE

J'aurais beaucoup à parler pour dire de
l'oie tout le bien que j'en pense. C'est un
oiseau fécond, de mœurs paisibles, facile à
nourrir, facile à élever, et d'un produit tel
que je pourrais citer un de mes amis auquel
une seule oie a rapporté cent francs dans une
année, après lui avoir coûté cent sous d'achat.
C'est un résultat qui mérite bien qu'on y
fasse attention, et qui laisse bien loin der-
rière les produits de ces fameuses entreprises
industrielles qui font sonner si haut dans les
journaux leurs nuageux dividendes.

L'oie est un oiseau de l'ordre des palmi-
pèdes. Sa grosseur est celle du dindon, et
son poids de huit à douze livres. Il n'existe

aucune différence de race entre les oies sauvages qui nichent dans les pays du Nord et traversent la France par grandes bandes aux approches de l'automne, et l'oie domestique qui s'est ralliée au foyer de la ferme pour enrichir le villageois de ses dons.

Il y a deux variétés d'oies domestiques. L'une, celle de la Garonne, est grosse; l'autre, celle de la Meuse, est petite. Les deux sont fort répandues. L'influence de la domesticité s'est fait sentir sur la taille de l'une et de l'autre; car toutes les oies qu'on élève sont plus grosses et plus susceptibles de prendre la graisse que le type sauvage. Leur couleur varie du gris au blanc. Les blanches sont préférables à cause du prix que cette couleur donne à leur duvet.

Peut-on élever des oies partout? C'est mon opinion. Quant à la quantité que chaque villageois doit en élever, cela dépend de ses ressources. Dans le voisinage des petites rivières et des grandes mares d'eau dont la jouissance est banale, on peut en élever beaucoup à peu de frais, car à peine les petits sont-ils nés qu'ils vont à l'eau et apprennent à pâturer sur le rivage et à chercher dans le sable des vers et des limaces dont ils se nourrissent. Ceux qui pensent que les oies mangent le poisson se trompent. C'est bien moins dans la crainte de ce genre de dégât que parce qu'elles gâtent l'eau par leurs plumes et leur fiente, que les propriétaires d'étangs leur en défendent l'accès. Mais, malgré leur goût pour le barbotage, on peut élever des oies avec succès sans eau courante et sans mare. Une cuve enterrée au niveau du sol permet de mettre de l'eau à leur portée pendant les premiers mois de l'élevage, et en grandissant elles s'accoutument fort bien à s'en passer.

A voir ces beaux oiseaux redouter les endroits boueux, s'éloigner des fumiers, et passer une partie considérable de leur temps à baigner ou à nettoyer leurs plumes, on ne croirait jamais que dans la plupart des fermes les oies sont reléguées au fond de quelque toit obscur, sans paille et sans air : c'est cependant ce qui arrive la plupart du temps ; c'est aussi ce qui fait qu'elles ne prospèrent pas, et que leurs couvées sont souvent décimées par la mort avant d'avoir pris leurs plumes.

Il faut aux oies dans la basse-cour un local isolé du poulailler. Comme elles ne perchent pas, elles seraient fort incommodées de la fiente des poules si on les mettait coucher en leur société. Elles ont d'ailleurs besoin d'une litière plus fraîche et d'un toit plus vaste pour se coucher à l'aise. On pourrait tout au plus les réunir aux canards. Leur demeure doit être exempte d'humidité, convenablement aérée par une ouverture ménagée au-dessus de la porte, et munie d'une épaisse litière qu'on remuera tous les jours et qu'on renouvellera souvent. La valeur du fumier d'oie paiera d'ailleurs abondamment cette dépense; car si cet animal gâte les plantes sur lesquelles il fiente par la chaleur de ses excréments, son fumier, quand il a fermenté avec la litière, est comparable à la meilleure colombine.

Dans une petite propriété de l'importance de la mienne, on peut facilement entretenir toute l'année une dizaine d'oies et un ou deux mâles ou *jars*. Comme ces oiseaux ne

font qu'une ponte et une couvée au printemps, on vend tous les produits au commencement de l'hiver, époque ou les oisons
sont forts et où leur nourriture commencerait
à devenir coûteuse : on n'a ainsi à supporter
pendant la mauvaise saison qu'une dépense
presque insignifiante pour la nourriture des
mères.

On ne peut apporter trop de soin à réserver les meilleurs sujets des deux sexes pour
la reproduction ; et cependant, presque jamais
on ne se préoccupe de l'importance de ce
choix.

Le jars ou mâle se distingue de la femelle
à son corps plus petit, à son cou plus long,
à son cri plus aigu, à son courage quand
sa famille est menacée. On en a vu devenir
agresseur et attaquer les enfants. C'est un
motif pour s'en débarrasser. Mais on ne doit
point imiter certains paysans qui, chaque année, après la ponte, engraissent et vendent
ou mangent leur jars, sous prétexte qu'il devient inutile. Un mâle d'élite n'est pas si
facile à remplacer qu'on croit. Il peut servir
pendant cinq ou six ans. Ce n'est donc qu'au

bout de cette période qu'il faut songer à lui choisir un successeur et l'engraisser pour la table.

Les femelles pondent dès la première année, et sont propres à couver aussitôt qu'elles ont achevé de pondre. C'est ordinairement en février qu'elles commencent à donner leurs œufs. Elles en font de dix à quinze, un tous les deux jours. De deux à quatre ans, les oies sont à leur maximum de fécondité. Passé ce temps, elles doivent être engraissées et livrées à la consommation. Les ménagères distinguent une bonne pondeuse à sa poitrine large et à son ventre tombant. Ce sont des qualités qu'il ne faut pas négliger, lorsque chaque année, avant de vendre les produits du printemps, on est appelé à choisir parmi les jeunes oies celles qui doivent remplacer les vieilles mères.

Les oies domestiques ont coutume de pondre dans le local où elles passent la nuit. Si elles cherchent à nicher dehors, on doit les surveiller, les suivre et enlever leurs œufs à mesure qu'ils sont pondus.

Quand la ponte est achevée, l'oie manifeste

le besoin de couver en ne quittant pas son pondoir. Il faut alors l'installer pour qu'elle puisse couver commodément. On lui fait un nid presque plat en paille, n'ayant de rebord que pour empêcher les œufs de s'échapper. Ce nid doit être placé dans un lieu isolé et tranquille. Il ne faut pas donner à chaque couveuse plus de douze à quinze œufs. L'incubation dure un mois. On doit faire couver par une poule les œufs que l'oie a pondus au delà du nombre qu'elle peut raisonnablement couver elle-même, sauf à les rendre à leur mère légitime après l'éclosion.

Les oies sont très-ardentes couveuses. Elles se décident difficilement à quitter leur nid; et quand elles le font, ce n'est qu'après avoir recouvert leurs œufs avec des débris de paille. On dirait que la nature leur a appris combien le moindre refroidissement peut être funeste. Aussi ne doit-on jamais négliger pendant l'incubation de mettre à portée de la couveuse des aliments et de l'eau. Quelques-unes prennent l'habitude de sortir un quart d'heure pour manger et nager quelques instants. Il est remarquable que si au bout de ce temps, quand elles reviennent au nid, la porte se trouve fermée, on les entend crier et gémir jusqu'à ce qu'on leur ait ouvert.

Il est rare que toute la couvée éclose en même temps. A mesure que les oisons brisent leur coquille, il faut les retirer de dessous la mère, et les placer dans un panier garni de laine, près du feu. On peut dès le jour même leur donner à manger soit du son, soit de la recoupe mouillée, soit un peu de mie de pain, ou des œufs cuits hachés menu.

La voracité des oisons se manifeste dès leur naissance. Il faut leur donner à manger au moins cinq ou six fois par jour. Cet appétit dévorant rendrait leur entretien onéreux, si on ne s'empressait, dès les premiers temps, de mêler à leur nourriture des pommes de terre cuites, des herbes fraîches, et surtout des orties cuites et hachées, dont elles sont très-friandes.

C'est ordinairement le long des haies qu'on va ramasser les orties, mais elles peuvent y faire défaut; il serait beaucoup plus simple d'en ensemencer un champ. Cette plante a une

végétation très-active et repousse aussitôt
qu'elle est coupée. Pendant toute la belle saison elle fournirait aux jeunes oisons une alimentation abondante.

Si le temps est très-doux, dès que les petits ont cinq ou six jours, on peut les faire
sortir avec la mère vers le milieu du jour
et les envoyer à l'eau, mais on doit éviter
avec le plus grand soin qu'ils ne soient mouillés par la pluie.

Il ne faut pas songer à élever les oies
dans une cour fermée, ni à plus forte raison
sous un toit d'où elles ne sortiraient que pour
paître l'herbe verte. Leur entretien deviendrait très-coûteux, car il ne faut pas oublier
que ces animaux sont très-voraces.

Si le pays n'offre pas la ressource des terrains vagues où on puisse les envoyer pâturer comme les moutons, ni du voisinage
d'un marais ou d'une rivière, il faut créer ex-
près pour elles des prairies artificielles. Elles
mangent très-bien le trèfle, les coquelicots, la
moutarde sauvage, le ray-grass, les choux
verts, la salade, l'herbe provenant du sarclage
des champs, de toutes sortes d'épluchures pro-

venant de la cuisine. On ne doit leur distribuer que coupés en très-petits morceaux les navets, les rutabagas, les betteraves, les pommes de terre. Mais, en thèse générale, il vaut mieux faire manger les racines cuites que crues.

Avant de parler de ce qui a trait à l'engraissement de l'oie et au profit qu'on en peut tirer, je suis heureux de pouvoir dire à la louange de cet oiseau que les Romains, bien loin de partager les préjugés que nous avons sur son compte, le tenaient en très-grande estime et prétendaient lui devoir le salut de leur ville.

Lorsque les Gaulois assiégeaient Rome, l'an 393 avant Jésus-Christ, après s'être emparés d'une partie de la ville, ils avaient choisi une nuit obscure pour attaquer la forteresse du Capitole. Déjà, en se soulevant les uns sur les autres, ils étaient parvenus au haut du rocher sans éveiller ni les gardes, ni même les chiens, quelle que soit la vigilance de ces animaux; mais ils ne purent tromper les oies, que les Romains avaient épargnées malgré leur extrême disette, parce que ces animaux étaient consacrés à Junon. Ce fut la cause du salut de la ville. En effet, les cris aigus des oies et les battements de leurs ailes éveil-lèrent un citoyen du nom de Manlius, qui cria aux armes et, à la tête de ses compa-gnons, repoussa les assaillants. De là est venue la coutume de porter à Rome en grande pompe un chien attaché à l'extrémité d'une fourche, devant une oie placée dans une li-tière sur un tapis magnifique.

Il n'en est pas de l'oie comme du porc, qui, semblable à l'avare, ne donne de profit qu'après sa mort. Celle-ci fournit de son vi-vant le bénéfice de ses plumes qui est un assez joli revenu. « On plume, dit Mme Mil-let-Robinet, les vieilles oies trois fois par an, dès que les oisons n'ont plus besoin des plumes de leur mère pour se réchauffer. On opère en mai d'abord, ensuite en juillet, et enfin en septembre, avant les premiers froids. Mais on ne plume les oisons de l'année que deux fois : une première dès qu'ils ont les ailes croisées, et une deuxième en septembre. »

Ce serait une erreur de supposer qu'on impose aux oies une grande souffrance en les plumant : celles qu'on ne plume pas n'en renouvellent pas moins leur plumage ; c'est même à cet indice qu'on reconnaît, comme on dit, que la plume est mûre et qu'il est temps de faire l'opération. Avant de procéder au plumage, il est bon de baigner les oies dans une eau claire et de les confiner ensuite quelques heures au soleil sur un terrain gazonné, afin que leur dépouille soit sèche et propre.

Chaque fois qu'on plume une belle oie, on peut lui enlever 100 grammes de plumes, soit pour les trois dépouilles de l'année 300 grammes ; en outre, elle fournit environ 25 grammes de duvet, c'est-à-dire 75 grammes par an. Un oison ne donne que 50 grammes de plumes et 15 grammes de duvet à chaque dépouille, soit pour les deux dépouilles de l'année, 100 grammes de plumes et 30 grammes de duvet. Le prix de la plume est de 4 fr. le kilog., celui du duvet de 7 fr.

Dans une exploitation où il y a 20 mères et 200 oisons, cela fait un premier produit de 184 fr. de plumes et 45 fr. de duvet.

Lorsque les plumes et les duvets ne sont

pas vendus sur-le-champ, il faut les faire sécher avec soin. Pour cela on les enferme séparément dans des sacs de grosse toile, et on les passe dans un four modérément chaud. La chaleur du four les dessèche parfaitement. Elle fait périr les œufs des petits insectes qui s'y trouvent toujours mêlés sur l'animal pendant sa vie.

Dans certaines contrées, on n'attend pas que les oies soient grasses pour les tuer, et on les élève spécialement pour préparer la peau de leur ventre sous le nom de *peau de cygne*. J'ai vu à Poitiers une très-grande usine spécialement consacrée à ce genre d'industrie. Les oies blanches sont seules employées pour cet usage. Ce qui reste de l'animal écorché est vendu sur le marché et vaut encore à peu près un franc. Les grandes plumes sont utilisées pour faire des plumes à écrire, ou sont détachées ensemble avec le fouet de l'aile, et forment ainsi naturellement de petits plumeaux fort commodes.

L'engraissement des oies est une industrie fort répandue et très-productive. Quelques personnes s'y livrent sans avoir préalablement

élevé ces oiseaux ; elles préfèrent à la saison
les acheter toutes venues par troupes. C'est
certainement, de toutes les volailles, celle
qu'on engraisse le mieux et le plus facilement.

Dans certaines villes, à Strasbourg, à Tou-
louse, on engraisse spécialement l'oie dans
le but d'augmenter le volume de son foie et
de fournir à l'industrie des pâtissiers cet or-
gane quintuplé de grosseur. On arrive à ce
résultat par des procédés plus barbares les
uns que les autres, dont le constant effet est
de déterminer chez la pauvre victime une maladie connue en médecine sous le nom d'hy-
pertrophie. C'est ce qui a fait dire avec
quelque raison que les gourmets amateurs de
pâtés de Strasbourg se délectaient d'une viande
décomposée par une sorte de cancer.

Ce n'est point ainsi que j'entends l'engraissement des oies. Je ne partage pas plus la
manière de voir de ceux qui pensent qu'on
ne peut rendre ces pauvres bêtes suffisamment grasses sans les gorger plusieurs fois
par jour d'un surcroît de nourriture qu'on
leur enfonce dans le cou avec le doigt ou un

bâtonnet et un entonnoir. Tous ces procédés
sont barbares et n'entrent point dans le plan
du Créateur, qui nous a donné les animaux
pour nous en servir, mais non pas pour les
tourmenter selon le caprice de notre gourmandise. Les oies d'ailleurs engraissent très-
bien sans ces raffinements de barbarie : il
suffit, pour cela, de les enfermer séparément
dans un lieu obscur sur de bonne litière
propre, et de leur donner à boire et à manger tant qu'elles veulent. Il suffit de la
gourmandise, qui leur est naturelle, et de
l'inaction, pour obtenir en moins d'un mois
l'embonpoint désiré.

L'oie grasse doit être tuée immédiatement ;
mais sa chair peut être conservée et acquiert
même un nouveau degré de délicatesse en la
faisant confire dans sa propre graisse.

Pour cela, on lève les cuisses et les ailes,
et ayant détaché de la carcasse toutes les
parties graisseuses, on met la graisse fondre
dans un chaudron de cuivre. Dans cette graisse
fondue et séparée des membranes et autres
débris, on fait rissoler les membres jusqu'à
ce qu'une paille puisse pénétrer dans la chair.

A ce signe on reconnaît que le feu a déter-
miné une cuisson suffisante pour empêcher
la viande de se gâter. Il faut alors empiler
les membres d'oie dans des pots de grès, et
les couvrir exactement de graisse chaude qui
pénètre dans tous les interstices. Le lendemain on ajoute sur la graisse d'oie, qui manque
de fermeté, une couche de graisse de porc,
et on recouvre le pot d'un papier huilé. Ces
conserves, placées dans un lieu sec, peuvent
y être gardées une année entière et donnent
un excellent manger. Je vous en ai servi
hier soir sur une farce d'oseille. Il avait suffi
de les passer un instant à la poële pour
achever de les rissoler.

Les traités de cuisine vous indiqueront
mieux que je ne saurais le faire comment on
prépare la viande d'oie pour la servir sur
nos tables. Pour achever ma tâche, je n'ai
plus qu'un mot à vous dire de ses maladies.

Les oies, comme les poules, sont sujettes
à la *diarrhée* et à la *pepie*. On guérit la première en changeant leur régime, et la seconde
en leur faisant l'opération comme aux poules.

Elles sont beaucoup plus sujettes à l'*apo-*

11

plexie, maladie qui se manifeste par un tournoiement continuel, et qui leur serait promptement funeste si on ne les saignait en ouvrant avec un canif la veine qui se trouve sous la membrane des pattes.

La ciguë, dont les oies sont très-avides, et la jusquiame, sont pour elles des *poisons violents*. A peine en ont-elles avalé une feuille qu'elles tombent les ailes étendues, et périssent dans les convulsions, si on ne leur administre aussitôt du lait frais avec de la rhubarbe.

Les *orties malades* ou couvertes de pucerons leur sont également funestes. On les guérit de la sorte d'empoisonnement qui résulte de l'emploi de cette nourriture, en leur faisant boire un peu d'eau de chaux légère.

LE DINDON

Le dindon est originaire d'Amérique. On dit que c'est un jésuite qui le premier l'apporta en Europe vers 1540. Il faut lire dans Audubon la magnifique description qu'il donne des mœurs de cet oiseau à l'état sauvage dans les forêts du nouveau monde, où il vit encore par grandes bandes. Le nôtre s'est sensiblement modifié par la domestication : il ne vole presque plus ; il est niais, peureux, vantard ; mais ce n'en est pas moins un bon manger, et c'est du reste tout ce que nous lui demandons.

La grosseur du dindon donnerait à son élevage beaucoup d'importance, si dans les premiers mois de sa vie il redoutait moins

les vicissitudes de l'atmosphère, et si son
naturel querelleur n'obligeait de le tenir éloigné
des autres volailles. Il doit être rangé, ainsi
que les canards et les pigeons qui vont
suivre, dans la catégorie des animaux qu'on
ne peut pas élever dans toutes les fermes,
et qui demandent des conditions particulières
de situation et d'entourage. Ainsi le dindon
a besoin d'aller herbiller au dehors dans les
champs, dans les guérets, où, du reste, il
se contente de manger les vers blancs et les
limaces sans causer le moindre dégât aux
semences. Il lui faut des pacages où il puisse
s'ébattre en liberté, et, la nuit, des arbres où
il puisse se percher, car il hait l'étroite atmosphère des étables. Cela exige un petit domestique uniquement occupé à les suivre et à les
garder, et par conséquent un gros troupeau,
car un petit ne suffirait pas à payer les frais
qu'il impose.

Il n'y a qu'une seule race de dindons en
France. Les variétés blanches, grises ou noires
ne sont que des accidents de couleur. Le
dindon noir est le plus beau, et c'est toujours
celui qu'on préfère.

La femelle, qu'on nomme indistinctement *poule d'Inde* ou *dinde*, n'est pas très-féconde. Elle ne commence pas à pondre avant l'âge d'un an. Au mois de mars elle fait une première ponte, et une deuxième en août. Chacune est de quinze à vingt œufs. Il est difficile d'accoutumer les mères à pondre toujours à la même place dans une étable désignée. Elles ont la manie de cacher leurs nids dans les buissons ou les tas de paille, et souvent ils deviennent la proie des animaux nuisibles. Les dindes ne pondent en général que tous les deux jours; leurs œufs sont plus gros que les œufs de poule, mais ils sont moins délicats. On peut les conserver par les mêmes procédés que les premiers.

Les mâles, ou *coqs d'Inde*, ou *dindons*, sont remarquables par la disposition des plumes de leur queue avec laquelle ils font la roue comme les paons, et aussi par un paquet de caroncules charnues qu'ils portent à la tête, et qui passe du rouge au bleu quand ils se pavanent. C'est le seul oiseau qui ait au cou un épi de crin. Cet épi ne pousse que la seconde année. Les mâles seuls en sont ornés.

Il est important, quand on veut se livrer à l'élevage des dindons, d'avoir plusieurs mâles; un seul ne peut suffire qu'à six femelles. Ces oiseaux, du reste, sont méchants. Ils attaquent non-seulement les volailles, mais les chiens et les enfants. On cite des exemples de blessures graves causées par eux. Les vêtements de couleur rouge leur sont particulièrement désagréables et les excitent beaucoup.

Le désir de couver se manifeste chez les dindes aussitôt qu'elles ont fini leur première ponte, c'est-à-dire en mars ou avril. On reconnaît cette disposition à ce qu'elles gloussent, perdent les plumes du ventre et se couchent sur leurs œufs avec opiniâtreté. Il faut alors leur préparer des nids, comme aux poules, dans une chambre séparée de l'étable commune. On conseille de mettre couver le plus de femelles possible le même jour, afin de n'avoir à prendre que pendant une courte saison les soins minutieux qu'exigent les jeunes dindonneaux. Il est facile, assure-t-on, de retarder de quelques jours les mères trop précoces en trompant leur tendresse avec des œufs de poule sacrifiés qu'on leur confie provisoirement, comme aussi d'activer les retardataires en leur frottant le ventre avec des orties, et en les forçant de rester sur leur nid à l'aide d'une toile un peu lourde qui les plonge dans l'obscurité.

Je n'ai pas besoin de dire que la couveuse artificielle ferait aussi bien éclore les œufs de dinde, d'oie, de canard que ceux de poules, si l'on voulait l'employer à cet usage. Mais ces animaux se passent de mère beaucoup moins facilement que les poulets.

Vingt œufs ne sont pas de trop pour la couvée d'une dinde. L'incubation dure trente-deux jours. Pendant tout ce temps, il ne faut pas oublier de forcer les couveuses à quitter leur nid au moins une fois par jour pour manger. On les nourrit de grain et on leur laisse à boire près du nid. Les dindes se dévouent à cette occupation avec tant d'ardeur et d'assiduité, qu'elles mourraient d'inanition sur leurs œufs si on n'avait soin de les lever. Leur passion de couver est si forte et si durable, qu'elles font quelquefois deux couvées de suite sans aucune interruption ; mais dans ce cas il faut les soutenir par une

meilleure nourriture. Le mâle a un instinct
bien contraire ; car s'il aperçoit sa femelle
couvant, il casse ses œufs, qu'il voit appa-
remment comme un obstacle à ses plaisirs,
et c'est peut-être la raison pour quoi la femelle
se cache avec tant de soin.

Le temps venu où ces œufs doivent éclore,
les dindonneaux percent avec leur bec la
coquille de l'œuf qui les renferme : mais
cette coquille est quelquefois si dure, et les
petits si faibles, qu'ils périraient si on ne les
aidait à la briser : ce que néanmoins il ne
faut faire qu'avec beaucoup de circonspection
et en suivant autant que possible les procédés de
la nature. Ils périraient encore bientôt, pour
peu que dans les commencements on les
maniât avec rudesse, qu'on leur laissât endurer
la faim, ou qu'on les exposât aux intempéries
de l'air. Le froid, la pluie et même la rosée
les morfondent ; le grand soleil les tue presque
subitement ; quelquefois même ils sont écrasés
sous les pieds de leur mère. « Voilà bien
des dangers, dit Buffon, pour un animal si
délicat. »

Dans les premiers temps, il faut tenir les

jeunes dindons dans un lieu chaud et sec, où l'on aura étendu une litière de fumier long, bien battu ; et lorsque dans la suite on voudra les faire sortir en plein air, ce ne sera que par degrés, en choisissant les plus beaux jours.

L'instinct des jeunes dindonneaux est d'aimer mieux prendre leur nourriture dans la main que de toute autre manière. On juge qu'ils ont besoin d'en prendre lorsqu'on les entend piauler, et cela leur arrive fréquemment. Il faut leur donner à manger quatre ou cinq fois par jour.

Leur premier aliment sera du vin et de l'eau qu'on leur soufflera dans le bec : on y mêlera ensuite un peu de mie de pain. Vers le quatrième jour, on commencera à leur donner des œufs durs, hachés d'abord avec de la mie de pain, puis avec des orties qui sont un régal pour eux, ainsi que de la pâtée de farine d'orge, de blé noir, de maïs.

« Dans certaines fermes de la Brie, dit Mme Millet, on donne aux dindonneaux une nourriture composée de pain trempé, d'œufs durs et d'oignons en proportions à peu près égales et hachées ensemble. Les dindonneaux en sont très-friands; ils l'attendent avec impatience et la reçoivent avec une joie turbulente. Les parties blanches des bulbes d'oignons sont les premières mangées, la hampe vient ensuite, les œufs après, puis le pain, qu'ils finissent aussi par manger, affriandés qu'ils sont par le goût qu'il a contracté dans son contact avec l'oignon. Grâce à cette méthode, des fermiers, qui jusque-là avaient constamment perdu la moitié de leurs dindonneaux, ont vu les pertes se réduire à un ou deux par couvée. »

La mère les mène avec la même sollicitude que la poule déploie pour ses poussins. Elle les réchauffe sous ses ailes avec la même affection, elle les défend avec le même courage. Il semble que sa tendresse pour ses petits rende sa vue plus perçante; elle découvre l'oiseau de proie d'une distance prodigieuse et lorsqu'il est encore invisible à tous les autres yeux. Dès qu'elle l'a aperçu, elle jette un cri d'effroi qui répand la consternation dans toute la couvée. Chaque dindonneau se réfugie dans les buissons ou se tapit dans l'herbe, et la mère les y retient en répétant le même cri d'effroi autant de temps que l'ennemi est à portée : mais le voit-elle prendre son vol d'un autre côté, elle les en avertit aussitôt par un autre cri bien différent du premier, et qui est pour tous le signal de sortir du lieu où ils sont cachés et de se rassembler autour d'elle.

A l'âge de six semaines ou deux mois, les jeunes dindons éprouvent une crise difficile à passer : c'est le moment où les glandes sanguines de la tête se développent, où ils prennent *le rouge*, comme on dit. Le temps de ce développement est pour eux ce qu'est l'époque de la dentition pour les enfants.

Après cette crise, les dindonneaux, devenus forts, quittent leur mère et commencent à chercher eux-mêmes leur nourriture dans les champs. Plus ils étaient faibles et délicats dans le premier âge, plus ils sont désormais robustes et capables de soutenir les injures du temps. La façon la plus économique de les soigner alors est de les envoyer, sous la conduite d'un petit berger, paître parmi la campagne, dans les lieux où abondent les

orties et autres plantes de leur goût, dans
les vergers lorsque les fruits mûrs tombent,
et dans les prairies à l'époque des sauterelles.
Après la moisson, on les mène dans les
terres moissonnées, où ils trouvent une abondante nourriture ; et plus tard dans les vignes,
où ils se régalent de limaçons et se grisent
de raisins oubliés. Mais il faut éviter soigneusement les pâturages où croissent les
plantes qui leur sont contraires, telles que
la grande digitale à fleurs rouges. Cette plante
est un véritable poison pour les dindons ;
ceux qui en ont mangé éprouvent une sorte
d'ivresse, des vertiges, des convulsions, et
lorsque la dose a été un peu forte, ils finissent
par mourir étiques. La grande ciguë, la vesce
et la jarousse doivent également être éloignées
d'eux.

On doit aussi avoir attention de ne les
faire sortir le matin qu'après que le soleil a
commencé à sécher la rosée, de les faire
rentrer avant la chute du serein, et de les
mettre à l'abri pendant les plus grandes cha-
leurs des jours d'été.

Comme ils sont fort craintifs, ils se laissent

aisément conduire ; il ne faut que l'ombre d'une baguette pour en mener des troupeaux considérables ; et souvent ils prendront la fuite devant un animal beaucoup plus petit et plus faible qu'eux. Cependant il est des occasions où ils montrent du courage contre leurs ennemis. Buffon rapporte qu'on en a vu entourer un lièvre au gîte et le tuer à coups de bec.

Vers le mois de septembre, la plupart des éleveurs du centre de la France vendent leurs jeunes dindons à des marchands qui les achètent pour les engraisser, et ne gardent que les mères avec celles qui doivent remplacer les vieilles ; en sorte que le troupeau se trouve réduit, jusqu'au printemps suivant, à une douzaine de femelles et deux ou trois mâles, qui vivent comme ils peuvent pendant la mauvaise saison, et souvent périssent faute de soins, ou sont mangés dans les bois où ils vont chercher leur nourriture.

Je ne saurais dire s'il vaudrait mieux, dans toutes les fermes, engraisser soi-même ses dindonneaux que de suivre la vieille tradition. Ce qui est certain, c'est qu'un dindon

PROFITS DE LA BASSE-COUR

de six mois ne vaut que trois francs quand
il est maigre, et en vaut sept à huit quand
il est gras, et il ne faut pas plus de quarante
jours pour engraisser un dindon. Reste à voir
si ce qu'il mange pendant cette période repré-
sente plus de trois ou quatre francs : c'est un
compte qu'on ne peut pas établir absolument
et qui varie suivant les lieux.

Les méthodes d'engraissement usitées pour
cet oiseau sont les mêmes dont nous avons
parlé pour les poules, à l'exception de la
captivité qu'il ne faut pas lui imposer.

Quand on ne veut point avoir recours au
procédé barbare de la nourriture forcée, il
suffit de lui donner abondamment à manger,
et comme il est très-vorace, il avale lui-même
de grandes quantités d'aliments. On lui donne
des glands, des châtaignes, des noix, sans
prendre la peine de les éplucher, des pommes
de terre cuites et quelques farines de peu
de valeur dans les derniers jours. Il est
d'observation que les mâles engraissent bien
plus difficilement que les femelles.

Si l'on juge à propos d'employer l'empâte-
ment, on agit comme pour les poules et l'on

se sert des mêmes aliments. Seulement, au lieu de deux ou trois pâtons, il en faut dix-huit ou vingt, et deux personnes ne sont pas de trop pour ouvrir le bec de la victime, la tenir et lui enfoncer les pâtons dans le gosier. Quand on emploie cette méthode, il faut bien se garder d'employer des grains d'un prix élevé, et procéder avec la plus sévère économie, car souvent le prix de vente ne couvrirait pas le prix de revient.

La viande du dindon est blanche et succulente, quoique souvent un peu coriace. Les femelles sont préférées aux mâles. On en fait d'excellents rôtis surtout avec des truffes, des champignons ou des marrons. Une dinde grasse du poids de huit kilogrammes ne coûte jamais plus de 12 francs. Cela met la chair à 75 centimes la livre, c'est-à-dire à peu près le prix de la viande de boucherie.

En parlant de la délicate santé de ces oiseaux, j'ai dit que la *crise du rouge* était une de leurs maladies les plus terribles. Ils prennent alors un air triste et traînent les ailes. Il faut pendant cette période les tenir très-chaudement, leur faire avaler des boissons fortifiantes comme le vin, leur donner du chènevis, du fenouil, du persil ; enfin combattre leur faiblesse par tous les toniques.

Une autre maladie assez commune, qui porte le nom d'*échauffement*, a pour symptôme les plumes hérissées et blanchâtres, et au croupion quelques-unes d'entre elles ont le tuyau gorgé de sang. Les malades périraient promptement s'ils n'étaient secourus : mais le remède est facile ; il suffit d'arracher ces plumes pour leur rendre la santé.

Lorsque leur croissance est terminée, les dindons voient encore se développer quelquefois des *pustules* soit à l'intérieur du bec soit aux endroits les plus dégarnis de plumes. Rarement ils échappent à la mort lorsqu'ils sont atteints de cette maladie. Il faut promptement les séquestrer et cautériser le mal au fer rouge.

Quant aux autres maladies qui leur sont communes avec les poules, *pepie*, *diarrhée*, *goutte*, on les traite comme pour celles-ci.

LE CANARD

Par le double profit de sa plume et de sa chair, par la facilité de son éducation, le canard domestique, frère civilisé du canard sauvage, serait une des volailles les plus utiles et les plus répandues, si pour en élever avec fruit de grandes peuplades il n'était indispensable, comme pour les oies, de les établir dans un lieu voisin des eaux, où des rives spacieuses et abondantes en gazons et en grèves leur offrent de quoi paître, se reposer et s'ébattre.

Ce n'est pas qu'on ne voie fréquemment des canards renfermés et tenus à sec dans l'enceinte des basses-cours; mais ce genre de vie est contraire à leur nature; ils ne font ordinairement que dépérir et dégénérer dans cette captivité. Leurs plumes se froissent et se rouillent ; leurs pieds s'offensent sur le gravier, leur bec se fêle par des frottements réitérés : tout est lésé, blessé, parce que tout est contraint ; et des canards ainsi nourris ne pourront jamais donner ni un aussi bon duvet ni une aussi forte race que ceux qui peuvent vivre dans le milieu qui leur est propre.

Les anciens, qui traitaient avec plus d'attention que nous les objets intéressants de l'économie rurale et de la vie champêtre, ces Romains qui d'une main rapportaient des trophées et de l'autre conduisaient la charrue, nous ont ici laissé, comme en bien d'autres choses, des instructions utiles. Columelle et Varron décrivent avec complaisance la disposition d'une basse-cour aux canards. Ils y veulent de l'eau, des canaux, des rigoles, des gazons, des ombrages, un petit lac avec sa petite île ; le tout disposé d'une manière si entendue et si pittoresque qu'un lieu semblable serait un ornement pour la plus belle maison de campagne. Les directeurs du jardin d'acclimatation de Paris ont suivi dans l'aménagement de leur parc aux canards les leçons de ces vieux maîtres, et le résultat qu'ils ont obtenu est aussi avantageux pour la bourse qu'agréable pour les yeux.

Au moins est-il de première nécessité pour ceux qui veulent, même dans les lieux secs, élever des canards et y chercher profit, d'avoir dans leur cour à volaille une grande mare d'eau dans laquelle ces oiseaux puissent barboter, nager, se laver et plonger pendant les heures chaudes de la journée, ainsi qu'une canardière ou petite étable spécialement affectée à leur demeure, avec quelques loges séparées pour les couveuses.

Les chasseurs distinguent plusieurs espèces de canards : le *canard col vert*, le *milouin*, le *pilet*, la *bernache*, le *morillon*, le *tadorne*. Chacune d'elles pourrait devenir domestique en faisant couver les œufs par une poule ; on n'élève cependant en général que le *grand canard de Normandie*, le *canard d'Aylesbury*, le *canard musqué*, et le *canard commun*, moins gros, mais plus rustique que les précédents, et pour cette cause préférable dans les petites fermes.

Les canes ne pondent jamais avant le printemps qui suit l'année de leur naissance. Elles ont, comme les dindes, la passion de cacher leurs œufs loin du nid qu'on leur a préparé dans la canardière. Chaque femelle donne un œuf de deux en deux jours. Elle est ardente en amour, et le mâle est jaloux ; il s'approprie ordinairement trois ou quatre femelles, qu'il conduit, protége et féconde.

Pour mettre couver la cane, on suit les prescriptions qui ont été indiquées pour les poules. On lui donne une douzaine d'œufs : c'est tout ce qu'elle peut couvrir. Les ménagères reprochent aux canes couveuses d'être peu vigilantes et de laisser facilement refroidir leurs œufs ; c'est pourquoi la plupart confient de préférence à une poule ou à une dinde les œufs de cane qu'elles veulent faire éclore. Le temps de l'incubation est de trente jours. Lorsque c'est une poule qui a couvé les œufs, elle devient pour les petits canards une mère étrangère, mais qui n'en est pas moins tendre. On le voit par sa sollicitude et ses alarmes, lorsque, conduits pour la première fois au bord de l'eau, ils sentent leur élément et s'y jettent, poussés par l'impulsion de la nature, malgré les cris redoublés de leur conductrice, qui du rivage les rappelle en vain en s'agitant et en se tourmentant comme une mère désolée.

Les canards, dans leur jeunesse, ont besoin du voisinage de l'eau bien plus impérieusement que les oies. Dès le jour de leur naissance, ils iraient s'y précipiter si on ne s'y opposait. Mais comme ils naissent souvent lorsque la saison est encore froide, il est prudent de les priver de cette jouissance.

La première nourriture qu'on leur distribue consiste en pain émietté, imbibé de lait ou de vin ; puis des œufs cuits et de la farine de blé : bientôt on peut leur jeter de l'orge. Leur voracité naturelle se manifeste presque en naissant. Jeunes ou adultes, ils ne sont jamais rassasiés : ils avalent tout ce qui se rencontre comme tout ce qu'on leur présente. Ils déchirent les herbes, ramassent les graines, gobent les insectes, et engloutissent pêle-mêle dans leur jabot les cailloux, les débris de viande, les noyaux de fruits, sans que rien puisse déranger leur digestion.

On conçoit que le pâturage, qui tient une si grande place dans la nourriture des oies, ne suffirait point ici. La pêche même, que les canards, dès leur bas âge, exécutent sur une grande échelle, saisissant avec une égale avidité le jeune poisson, les vers, les grenouilles et tout ce qui fourmille au fond des eaux, la pêche n'est pas capable de leur fournir toute la nourriture dont ils ont besoin. Il faut y joindre le hachis d'orties cuites, les pommes de terre écrasées et les betteraves, dont ils deviennent bientôt extrêmement avides.

Ces oiseaux ne perchent pas : c'est une raison de plus pour tenir les canardières dans une extrême propreté et renouveler souvent leur litière. Le fumier qu'ils donnent est comparable à celui des pigeons.

A l'âge de trois mois, les jeunes canards sont croisés, c'est-à-dire que les plumes de leurs ailes se croisent sur le dos. Ils ont depuis longtemps abandonné leur mère. Cependant ils voyagent assez généralement par troupes de l'étable à la mare ou à la rivière ;

mais ils ont une grande tendance à s'éloigner dans de périlleuses excursions dont quelquefois tous ne reviennent point : aussi faut-il avoir l'œil sur eux.

On n'exige généralement pas que les canetons soient gras pour les manger ; il suffit qu'ils soient bien en chair. Ceux de Rouen, dont la réputation est si grande qu'à l'âge de quatre mois ils se vendent jusqu'à six francs, se préparent presque uniquement avec des vers de terre qu'on prend la peine de ramasser pour eux dans les prairies des bords de la Seine, et dont on leur distribue trois fois par jour une forte ration jusqu'à ce qu'ils aient atteint cette chair blanche et tendre qui séduit les amateurs.

Chez nous, il convient d'attendre l'âge de six mois, qui est la limite de la croissance, et d'engraisser le canard comme l'oie, après l'avoir privé de sa liberté.

On obtient une chair qui est pesante et échauffante, mais dont on fait grand usage. Le pâté de foie de canards surtout, en faveur duquel on renouvelle le supplice que nous avons décrit à propos des pâtés d'oies, fait d'Amiens la rivale de Strasbourg pour nos Apicius modernes. Le canard se mange également rôti, en salmis, et de cent autres façons. Sa graisse passe pour la plus délicate de toutes. On pourrait, si elle était suffisante, faire des conserves de membres de canards, comme on fait des conserves d'oies, en observant les mêmes précautions.

Je n'ai rien de particulier à dire des maladies du canard. On ne pourrait que répéter à son sujet ce qui a rapport aux oies, avec lesquelles il offre plus d'un point de ressemblance, sauf l'esprit dont il est complétement dépourvu.

LES PIGEONS

Il est probable que nous ne connaissons pas le type primitif du pigeon. A raison du long espace de temps qui s'est écoulé depuis qu'il est sous la main de l'homme, il a dû varier et a varié en effet à l'infini. Cependant, en comparant le *pigeon fuyard* ou le *bizet* aux autres variétés, on est porté à croire que c'est lui qui est la souche commune des pigeons ralliés à l'homme.

Je regarde comme inutile d'indiquer ici toutes les variétés de cet oiseau, des éducations de luxe ayant ajouté aux races de pigeons inutiles un certain nombre de races qui ne sont remarquables que par leur bizarrerie et leur rareté. Je dirai même, avant d'aller plus loin, que si je parle ici de ces oiseaux, c'est plutôt par condescendance que par conviction ; car tout en admettant que le pigeon est un bel oiseau, un assez bon manger, et son élevage un passe-temps agréable pour les petits ménages et les enfants, je crois, comme disent nos paysans, qu'il y aurait plus de *nuisance* que de profit si celui qui les élève était obligé de les nourrir seul complètement, et s'ils n'avaient pour habitude d'aller picorer en terre étrangère : or on comprend que dans un village, où chacun est jaloux du fruit de son champ, une pareille industrie en grand est impossible pour peu que l'on veuille vivre en paix avec ses voisins. Cela dit, j'entre en matière.

Parmi les bonnes espèces de pigeons de volière, les *culbutants* et les *pigeons domestiques* à bec et à pattes rouges, que nous connaissons tous, sont ceux qui doivent être préférés comme volaille de produit. S'ils sont bien nourris, ils donnent de sept à huit couvées par an, ne s'éloignent pas trop et sont fort gros.

Ceux qui n'en ont qu'une paire ou deux

les logent comme ils peuvent, dans une vieille
caisse suspendue à un arbre, dans un trou de
muraille, dans un grenier inutile. Mais si
l'on veut en faire une industrie, il faut avoir
un colombier. La partie supérieure du toit à
canards, séparée par un plancher, est excellente pour cet usage. On met des nids en
osier ou en terre cuite, tout autour, au
nombre de trois pour deux paires ; on couvre
le plancher d'un peu de paille ; on perce
dans l'ouverture principale une petite portière
qui ferme avec une trappe, et qui suffit
pour le va et vient des pigeons ; enfin on
établit extérieurement, à la hauteur de cette
ouverture, une corniche assez large pour
qu'avant d'entrer dans le colombier les pigeons
puissent s'abattre et au besoin se promener, se
réchauffer au soleil, et l'installation est suffisante.

On voit qu'il y a loin de cette simple
demeure à la *fuie* fastueuse en forme de
haute tour, ayant girouette, où les seigneurs
de l'ancien temps élevaient leurs pigeons. Mais
alors cet élevage était une chose de luxe ; et
d'ailleurs, ce que les maîtres dépensaient en
construction, ils l'épargnaient en nourriture.

car on ne donnait jamais à manger aux fuyards, et ils devaient eux-mêmes chercher leur vie dans les champs du noble domaine.

Le pigeon est très-fécond. On peut commencer à peupler un colombier avec deux ou trois couples. On choisit pour cela de jeunes pigeons de l'année précédente, beaux, robustes et autant que possible de couleur foncée, et on les enferme en mai dans le colombier en les y nourrissant jusqu'à ce qu'ils aient des œufs. On peut alors leur ouvrir sans danger, et il suffit de leur tenir de la nourriture prête pour qu'ils reviennent d'eux-mêmes fort exactement. Les pigeons nouveaux commençant à s'accoupler à l'âge de quatre mois, et les couples donnant régulièrement une paire de petits tous les mois, on aura promptement une vingtaine de couples et davantage si l'on veut. Toutefois il est important, dans cette opération, de veiller à ce que le nombre des femelles soit toujours égal à celui des mâles, car il suffit d'un mâle isolé pour mettre le trouble dans le colombier.

La femelle garde le nid un ou deux jours avant de pondre ; elle pond ensuite deux œufs,

et le cinquième jour elle se met à couver. .
L'incubation dure de 15 à 17 jours, suivant
la température. Comme ces oiseaux se marient,
c'est-à-dire vivent par couples, qui, s'ils ne
s'unissent pas pour toute leur vie, comme le
croiént les âmes sensibles, sont au moins
fort dévoués l'un à l'autre pendant le temps
de leurs amours, le mâle remplace la femelle
sur les œufs pendant que celle-ci va chercher
sa nourriture, et successivement ils se par-
tagent la besogne.

Dès que les petits sont éclos, le père et la
mère s'empressent autour d'eux avec un zèle
remarquable, et comme leur bec long et tendre
ne leur permet pas de saisir eux-mêmes la
nourriture, les parents leur ingurgitent les aliments qu'ils ont à demi digérés dans leur
propre jabot. C'est par le même procédé qu'il
faudrait s'astreindre à faire manger soi-même
les pigeonneaux, si par un accident ils étaient
privés de leurs père et mère.

Il arrive souvent aux pigeons de faire une
nouvelle ponte lorsque leurs petits commencent
seulement à prendre les plumes. Ils suffisent
très-bien aux soins que réclament les deux

couvées. Ces couples sont très-précieux : il faut les conserver avec soin. Leur fécondité peut durer six ou sept ans.

En général, on peut dire qu'un pigeonnier donnera d'autant plus de profit qu'il sera mieux tenu. Les pigeons aiment la propreté, l'air, la paille neuve, les nids exempts de vermine : il faut veiller à tout cela avec le plus grand soin. L'intérieur du colombier doit être blanchi à la chaux une fois par an, et réparé de façon à ne laisser aucune fissure qui puisse servir de refuge à la vermine. On doit enlever avec soin les œufs pourris, les pigeonneaux morts, tout ce qui pourrait amener de mauvaises odeurs. La *colombine* doit être enlevée de temps en temps, au moins quatre fois par an, et mise soigneusement à part, d'abord parce qu'elle se vend un prix élevé, et ensuite parce que c'est un voisinage dangereux pour les autres volailles. Il importe aussi de ne point négliger de baisser le soir la trappe qui sert à fermer le colombier. Les fouines, les belettes, les rats, les oiseaux de proie pourraient profiter de cette négligence pour faire aux pigeons une guerre terrible.

Il est d'usage de mettre à l'entrée du pigeonnier la nourriture et l'eau nécessaires à la consommation. Les vases qui servent à cet office doivent être nettoyés tous les jours avec un zèle minutieux. Les pigeons boivent beaucoup et sont avides d'eau claire ; leurs aliments leur répugnent dès qu'ils sont souillés de quelque fiente.

Le choix de la nourriture des pigeons est un point capital de cette industrie ; car il faut à la fois les bien nourrir pour qu'ils produisent beaucoup, et les nourrir à bon marché. L'orge, le blé noir, les vesces et toutes les criblures de grain semblent remplir ces conditions. Ils en sont très-avides. Ils mangent également avec plaisir les pépins de raisin. Rien n'est plus facile que de les régaler de cette denrée sans valeur, en faisant sécher au four, battre et passer au crible le marc du raisin après qu'il a été pressé. Enfin ils ont pour le sel un goût si prononcé qu'il serait cruel de les en priver. Il suffit, pour les rendre heureux, de suspendre de temps en temps une morue sèche dans le colombier. Les pigeons n'en laissent absolument que les arêtes.

Quelques éleveurs, pour activer la fécondité des pigeons, leur composent à la fin de l'hiver des gâteaux avec des tourteaux de chènevis et de la morue pilée et salée. On laisse sécher cette composition et on la suspend à une poutrelle. Les pigeons la mangent fort bien, mais il est bon de regarder au prix.

Lorsque les jeunes pigeons sont couverts de plumes et qu'ils commencent à venir sur le bord du nid sans pouvoir encore voler, ils sont bons à être mangés. Cependant, avant de les porter au marché, la plupart des fermiers ont coutume de les nourrir encore cinq ou six jours en leur donnant une abondante nourriture pour les engraisser ; mais on leur permet rarement de vivre assez longtemps pour pouvoir avec leurs parents prendre leur volée sur les toits.

Il en résulte qu'on ne voit jamais dehors que les couples reproducteurs, ceux qui l'ont été, et les jeunes privilégiés destinés par le maître à vivre pour perpétuer la race et remplacer les grands-parents.

On a écrit beaucoup sur les qualités des pigeons et les vertus qu'ils symbolisent. Ces

vertus me semblent devoir être considérablement réduites. Les anciens connaissaient mieux
que nous les mœurs de ces oiseaux lorsqu'ils
ont représenté traîné par deux pigeons le
char de leur Vénus.

Les maladies des pigeons n'ont pas encore
été décrites par les vétérinaires ; il serait
inutile d'en parler : d'ailleurs, dit un auteur
très-compétent dans ces matières, vouloir
guérir des pigeons malades, c'est vouloir
réaliser une chose impossible.

FAISAN, PINTADE, PAON, AGAMI

Je termine par un mot sur quelques espèces que l'on voit avec plaisir dans les basses-cours, quoiqu'il ne soit pas bien certain que leur élevage puisse présenter des bénéfices réels. Pour mon compte, je ne me suis permis d'en avoir que depuis un petit nombre d'années, et je regarde leur présence dans ma maison comme un sacrifice au luxe.

———

LE FAISAN

Tout le monde connaît ce magnifique oiseau, si beau de plumage, si délicat de goût, et si universellement apprécié des connaisseurs, que depuis l'époque mythologique, où les Argonautes l'apportèrent de Colchide en Grèce, il n'a cessé de figurer à la première place sur la table des gens riches.

On distingue le *faisan commun* ou gris, le *faisan doré* et le *faisan argenté*. Ils ne diffèrent guère que par le plumage, qui, chez le mâle surtout, présente les reflets variés des plus vives couleurs. La femelle est habillée avec moins de prétention. La taille de ces oiseaux tient le milieu entre le pigeon et le poulet.

Il n'est pas entièrement exact de ranger le faisan parmi les oiseaux domestiques. Leurs mœurs ne sont ni entièrement privées, ni tout à fait sauvages. Ils affectionnent particulièrement la demi-liberté des grands parcs, où ils perchent et nichent à leur gré, tout en recevant de l'homme la nourriture qu'ils sont trop paresseux pour se procurer eux-mêmes; mais avec un peu de soin on parvient aisément à les faire croître et prospérer dans une simple basse-cour. Il suffit, pour cela, de les établir dans une petite demeure séparée du reste des oiseaux domestiques, avec une cour uniquement affectée à leur usage, et qu'il convient par précaution de recouvrir d'un filet ou d'un treillage.

La faisane en captivité ne se soucie pas de couver; mais elle pond au printemps une douzaine d'œufs d'un vert clair, qui demandent vingt-trois jours d'incubation pour donner naissance aux faisandeaux. Il faut charger de ce soin une poule de petite espèce qui adopte volontiers la couvée et veille sur elle avec une vigilance toute maternelle.

Après l'éclosion, il convient de porter le

nid sous une geôle garnie de claires-voies. La poule, retenue captive dans l'appareil, y rappelle ses nourrissons au moindre danger, et ils y trouvent constamment sous ses ailes un abri sec et chaud contre le froid humide, auquel ils sont très-sensibles. Au contraire, quand le soleil est bien clair, ils peuvent sortir par les interstices des barreaux et courir tout à leur aise.

L'alimentation de ces petites bêtes pendant le premier mois de leur vie est une grande affaire. Il semble presque indispensable que leur nourriture, pendant la première semaine, soit composée d'œufs de fourmis, qu'il faut aller chercher pour eux dans les prés et dans les bois. Plus tard, on y supplée avec un mélange d'œufs durs, de mie de pain et de laitue hachée. Ce n'est que vers la quatrième semaine qu'on commence à remplacer cette cuisine par du millet et du blé. Les faisandeaux sont très-goulus ; ils veulent manger toutes les deux heures, et la privation de nourriture les tue promptement.

Jusqu'à l'âge de deux mois ces oiseaux ont une santé fort délicate. Ce n'est que lorsque leur queue s'est formée qu'on peut les considérer comme sauvés. Quand ils ont *marqué*, comme disent les gardes, leur santé se raffermit, et ils commencent à partager la nourriture commune aux autres gallinacées.

On ne saurait trop répéter qu'une propreté minutieuse, une aération constante, la pureté de l'eau qu'on leur donne et la bonne qualité des aliments sont des conditions essentielles à la prospérité d'une faisanderie. La poule est sobre, le dindon rustique, le canard et l'oie peu difficiles sur le choix de la nourriture; mais le faisan, quoique captif, est toujours un grand seigneur. Si on lui refuse ses aises, il se laisse mourir, et il est trop occupé de sa toilette pour chercher à se créer des ressources personnelles.

Toutes ces considérations expliquent pourquoi cet oiseau, quoique d'un prix élevé, est relativement rare chez les marchands de comestibles. On ne demande pas de lui qu'il soit gras; tout ce qu'on exige, c'est qu'il soit jeune et par conséquent tendre. Il est d'usage d'attendre, pour le manger, qu'il ait été tué depuis quelques jours. « Quand il est mangé aussitôt après sa mort, dit Brillat-Savarin, il n'a rien qui le distingue. Il n'est ni si délicat qu'une poularde, ni si parfumé qu'une caille. Pris à point, c'est une chair tendre, sublime et du haut goût, car elle tient à la fois de la volaille et de la venaison.

La maladie la plus redoutable des faisans adultes est, paraît-il, une espèce de poux qui détermine chez eux une maigreur extrême, précurseur ordinaire de la mort.

LA PINTADE

N'était leur mauvais caractère qui les porte
sans cesse à troubler la paix des basses-cours,
les pintades seraient une précieuse ressource
en même temps qu'un ornement dans les
fermes ; car elles sont excellentes pondeuses,
donnent une chair abondante et recherchée,
et captivent l'œil par l'excentricité de leur
forme et de leur plumage. Mais, quoique
l'espèce en soit fort anciennement connue,
puisque les Romains en avaient déjà tiré
d'Afrique au temps de Columelle, il est rare
d'en rencontrer des troupeaux, et ce n'est que
chez les amateurs qu'on en peut voir quelques
couples.

Cet oiseau est plus gros que notre poule commune. Il a un peu la forme de la perdrix, et' porte un plumage noir tacheté de blanc qui n'est pas sans grâce. On distingue le mâle de la femelle à la couleur des joues, qui sont bleues chez l'un et rouges chez l'autre.

Les œufs de pintade sont de couleur rougeâtre et un peu tiquetés. Ils sont moins gros que les œufs de poule. La femelle en peut, dit-on, pondre jusqu'à cent de suite, quand on a soin de les lui retirer à mesure. Comme elle aime à nicher dans les buissons, et qu'elle n'est pas très-bonne couveuse, on a généralement recours à une poule pour les faire éclore. Cette opération demande un mois.

Quelques personnes maintiennent constamment les pintades en cage ou en volière. C'est une mauvaise méthode; il vaut mieux leur consacrer une petite cour séparée, avec un abri où elles puissent se retirer la nuit. Rien ne s'oppose à ce qu'on les laisse vaguer pendant le jour comme les dindons et les poules, à moins qu'il n'y ait dans le voisinage des bois où leur caractère aventureux pourrait les pousser au-devant de la dent du renard. Pour les accoutumer à rentrer de bonne heure, on se trouvera bien de choisir ce moment pour leur distribuer leur nourriture.

Les jeunes pintadeaux, au sortir de la coquille, demandent des soins minutieux; leur nourriture doit se composer d'un hachis d'œufs durs, de mie de pain et de viande, ou d'œufs de fourmis, comme les faisans : ce n'est qu'après le premier mois qu'ils mangent les graines de céréales et les pommes de terre sans inconvénient. Il n'est pas prudent de les laisser courir avec leur mère nourrice, si ce n'est par un temps de beau soleil, car la rosée leur est encore plus nuisible qu'aux jeunes poulets. Le froid leur est également contraire. Il importe de ne jamais oublier que ces oiseaux sont originaires des pays chauds et craignent les brumes de nos climats.

Au moment de prendre le *rouge*, ils ont à éprouver la même crise que les petits dindons et demandent les mêmes précautions, voire la même nourriture. Passé ce moment, ils grandissent vite, se fortifient, engraissent sans qu'il soit nécessaire de les chaponner.

Les gourmets estiment la chair de pintade comme très-savoureuse, et recherchent ses œufs pour leur goût délicat.

LE PAON

Buffon a fait du paon une description aussi brillante que le plumage de ce merveilleux oiseau. « Si l'empire appartenait à la beauté et non à la force, le paon serait sans contredit le roi des oiseaux. Il n'en est point sur qui la nature ait versé ses trésors avec plus de profusion : la taille grande, le port imposant, la démarche fière, la figure noble, les proportions du corps élégantes et sveltes, tout ce qui annonce un être de distinction lui a été donné. Une aigrette mobile et légère, peinte des plus riches couleurs, orne sa tête et l'élève sans la charger; son incomparable plumage semble réunir tout ce qui flatte nos yeux dans le coloris tendre et frais des plus belles fleurs, tout ce qui les éblouit dans les reflets pétillants des pierreries, tout ce qui les étonne dans l'éclat majestueux de l'arc-en-ciel ; non-seulement la nature a réuni sur le plumage du paon toutes les couleurs du ciel et de la terre pour en faire le chef-d'œuvre de sa magnificence, elle les a encore mêlées, assorties, nuancées, fondues, de son inimitable pinceau, et en a fait un tableau unique, où elles tirent de leur mélange avec des nuances plus sombres, et de leurs oppositions entre elles, un nouveau lustre et des effets de lumière si sublimes que notre art ne peut ni les imiter ni les décrire. Tel paraît à nos yeux le plumage du paon lorsqu'il se promène paisible et seul dans un beau jour de printemps. Mais si sa femelle vient tout à coup à paraître, si les feux de l'amour se joignant aux secrètes influences de la saison le tirent de son repos, lui inspirent une nouvelle ardeur et de nouveaux désirs, alors toutes ses beautés se multiplient, ses yeux s'animent et prennent de l'expression, son aigrette s'agite sur sa tête et annonce l'émotion intérieure, les longues plumes de sa queue déploient en se relevant leurs richesses éblouissantes, sa tête et son cou se renversent noblement en arrière, se dessinent avec grâce sur ce fond radieux où la lumière du soleil se joue en mille manières, se perd et se reproduit sans cesse, et semble prendre un nouvel éclat plus doux et plus moelleux, de nouvelles couleurs plus variées et plus harmonieuses. Chaque mouvement de l'oiseau produit des milliers de nuances nouvelles, des gerbes de reflets ondoyants et fugitifs sans cesse remplacés par d'autres reflets et d'autres nuances, toujours diverses et toujours admirables. »

Outre l'espèce que nous connaissons, on rencontre quelquefois des paons blancs et des paons panachés. Le nôtre est infiniment le plus beau; il est originaire de l'Inde, mais il fut connu de bonne heure des Grecs qui, par admiration, le consacrèrent à Vénus.

Le coq paon est presque aussi passionné pour ses femelles que notre coq domestique. Il paraît que trois ou quatre paonnes suffisent à peine à ses désirs, et que quand il en a un moindre nombre, il trouble l'œuvre de la

génération à force d'en répéter les actes.
L'âge de la pleine fécondité de ces oiseaux
est à trois ans.

C'est au printemps que la femelle pond
ses œufs. Ils sont blancs, tachetés comme
ceux de la dinde, et à peu près de la même
grosseur; mais leur nombre atteint à peine
une demi-douzaine. La paonne couve assez
volontiers; toutefois, pour éviter les malheurs
qui pourraient résulter de la recherche de la
femelle par le mâle, qui est peu patient et
ne manquerait pas de casser les œufs s'il
découvrait la cachette de la couveuse, il vaut
mieux confier ce soin à une poule. L'incubation dure de vingt-sept à trente jours.

Quand les petits sont éclos, on les traite
à peu près comme les jeunes poulets. Leur
première nourriture sera de la farine d'orge
délayée dans du vin, du fromage mêlé à des
poireaux hachés, des sauterelles, et enfin du
grain. Il faut bien veiller à ce que le soir la
mère se mette sur ses petits. Elle a une grande
tendance à les abandonner pour se jucher dans
les arbres. On n'aura pas cet inconvénient à
redouter si la couveuse est une poule.

Les jeunes paonneaux n'ont rien de joli. Ils traînent les ailes et piallent sans cesse. Ils ont besoin de beaucoup de soins, et si l'on n'y prenait garde, se livreraient entre eux des batailles meurtrières. L'époque de la *poussée de l'aigrette*, qui arrive vers l'âge d'un mois, est pour eux aussi dangereuse que celle du rouge des faisandeaux. Les plumes de la queue viennent beaucoup plus tard.

Tous les oiseaux de cette espèce sont très-propres. Quoique leur vol soit lourd, ils aiment à se tenir sur les toits, où leur queue ne peut traîner dans l'ordure, et percher pendant la nuit sur les arbres, de préférence aux abris des autres volailles. Ils savent se faire respecter dans la basse-cour. Leur cri est désagréable et, dit-on, quand il devient fréquent, un présage de pluie.

L'orateur Hortensius, dit Buffon, fut le premier qui imagina de faire servir un paon sur sa table; et son exemple ayant été suivi, cet oiseau devint très-cher à Rome, et les empereurs renchérirent sur le luxe des particuliers. On vit un Vitellius, un Héliogabale mettre leur gloire à remplir des plats

de têtes ou de cervelles de paons. C'est sans
doute par suite de la tradition romaine que
l'usage de servir le paon sur les tables
princières s'était perpétué parmi nos aïeux.
« Chez nos vieux romanciers, le paon est
qualifié du titre de noble oiseau, et sa chair
y est regardée comme la nourriture des amants
et la viande des preux. C'était le plat le
plus distingué des festins des rois et des
grands seigneurs. Lorsqu'il était rôti, on
poussait la magnificence jusqu'à le couvrir de
feuilles d'or (1). » Aujourd'hui la chair de
paon est fort dépréciée.

(1) Brillat-Savarin : *Physiologie du goût.*

L'AGAMI

On voit, depuis quelque temps, au *Jardin zoologique d'acclimatation de Paris*, et chez quelques particuliers, des oiseaux d'une espèce étrangère et encore rare qui méritent vivement de fixer l'attention : ce sont des agamis.

L'agami est à la basse-cour ce que le chien est au troupeau : un pacificateur, un gardien, un défenseur. Cet oiseau a à peu près la taille du dindon; il est d'un noir sombre et ne brille point par des formes élégantes; mais il est d'une intelligence bien supérieure à celle d'aucun autre oiseau jusqu'ici connu. M. Figuier, en parlant de lui, cite l'anecdote d'un médecin qui, depuis fort longtemps,

envoie dans la campagne des troupeaux d'oies
et de dindons picorer sous la conduite d'un
seul agami, sans que jamais le fidèle gardien
ait égaré une seule de ses vagabondes élèves.
L'oiseau docile venait à la voix de son
maître, le suivait comme un chien, et mangeait toute sorte de nourriture.

J'ai vu quelques-uns de ces oiseaux : il
est probable qu'on ne tardera pas à les répandre dans nos campagnes ; mais je ne saurais jusqu'ici dire au juste ce que l'avenir en
obtiendra.

FIN

TABLE

— Lille. Typ. J. Lefort. 1878 —

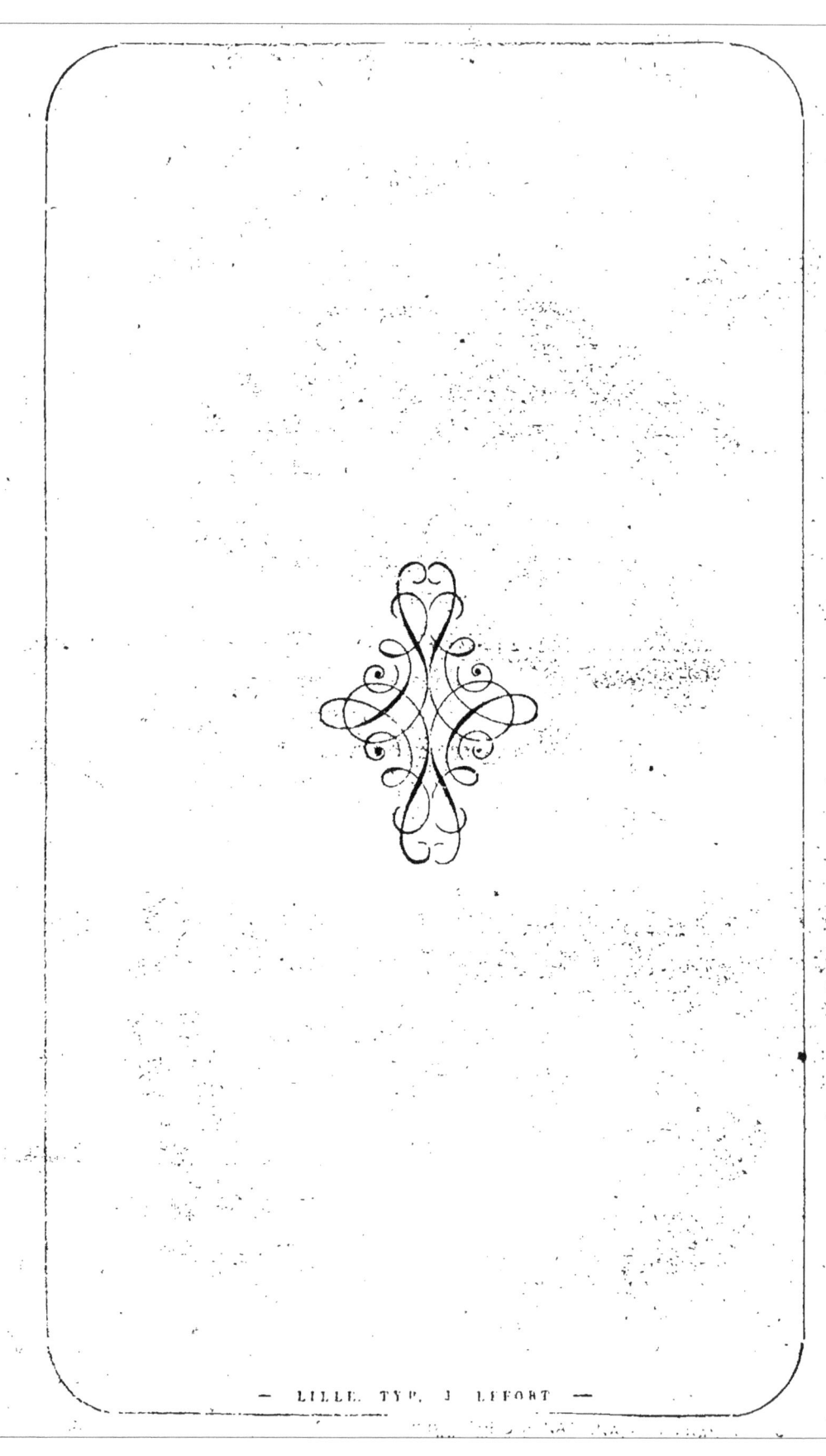

— LILLE, TYP. J. LEFORT —

www.ingramcontent.com/pod-product-compliance
Lightning Source LLC
Chambersburg PA
CBHW070907030726
47504CB00005B/1489